AF355023

Iwan Sergejewitsch Turgenew

Mystische Liebesgeschichten: Das Lied der triumphierenden Liebe + Klara Militsch

e-artnow 2018

Stefan Zweig
Schachnovelle

Marcel Proust
Gesammelte Werke: Romane + Erzählungen

Jacques Cazotte
Der Liebesteufel

Nikolai Semjonowitsch Leskow
Gesammelte Werke

Iwan Sergejewitsch Turgenew
Phantastische Erzählungen aus dem Grenzgebiet zwischen Realem und Irrealem

Iwan Sergejewitsch Turgenew
Gedichte in Prosa

Willibald Alexis
Herr von Sacken: Eine geistliche Novelle

Rudolf Presber
Die Hexe von Endor

Friedrich de la Motte Fouqué
Undine - Der Flussgeist

Prosper Mérimée
Gesammelte Erzählungen: Die etruskische Vase + Die Venus von Ille + Das Gäßchen der Madama Lucrezia + Djuman und mehr

Iwan Sergejewitsch Turgenew

Mystische Liebesgeschichten: Das Lied der triumphierenden Liebe + Klara Militsch

Zwei Novellen des Autors von "Väter und Söhne", "Die lebendige Reliquie" und "Faust"

e-artnow, 2018
ISBN 978-80-273-1739-4

Inhaltsverzeichnis

Das Lied der triumphierenden Liebe

I.

Um die Mitte des XVI. Jahrhunderts lebten in Ferrara – (das damals unter dem Szepter seiner prachtliebenden Herzöge, der Beschützer der Künste und der Poesie, in hoher Blüte stand) – zwei junge Männer, mit Namen Fabius und Mutius. Gleich an Alter, nahe miteinander verwandt, waren sie fast immer unzertrennlich; eine innige Freundschaft verband sie seit frühester Jugend... Dieses Band war auch durch die Ähnlichkeit ihrer Lebensschicksale gefestigt. Beide gehörten alten Geschlechtern an; beide waren reich, unabhängig und ohne Familie; auch hatten sie gleichen Geschmack und verwandte Neigungen. Mutius beschäftigte sich mit Musik, und Fabius mit Malerei. Ganz Ferrara war stolz auf sie, als auf den schönsten Schmuck des Hofes, der Gesellschaft und der Stadt. In ihrem Äußeren waren sie aber unähnlich, obwohl sie sich beide durch schlanke, jugendliche Schönheit auszeichneten: Fabius war etwas größer von Gestalt und hatte ein zartes, weißes Gesicht, blonde Haare und blaue Augen; Mutius dagegen hatte ein braunes Gesicht, schwarze Haare, und in seinen dunkelbraunen Augen lag nicht jener heitere Glanz, und auf seinen Lippen nicht jenes freundliche Lächeln wie bei Fabius; seine dichten Brauen hingen beinahe auf die schmalen Lider herab, während Fabius' goldblonde Brauen in feinen Halbkreisen auf der reinen, glatten Stirne lagen. Auch war Mutius im Gespräch weniger lebhaft; trotz alledem hatten beide Freunde bei Damen den gleichen Erfolg, denn nicht umsonst waren sie Muster ritterlicher Dienstfertigkeit und Freigebigkeit.

Um die gleiche Zeit lebte zu Ferrara eine Edeljungfrau, mit Namen Valeria. Sie galt als eine der ersten Schönheiten der Stadt, obgleich man sie nur selten zu Gesicht bekam: sie lebte sehr zurückgezogen und verließ das Haus nur um in die Kirche, und höchstens noch an großen Feiertagen auf die Promenade zu gehen. Sie lebte mit ihrer Mutter, einer adeligen, doch wenig bemittelten Witwe, deren einziges Kind sie war. Valeria flößte einem jeden, der ihr begegnete, das Gefühl unwillkürlicher Bewunderung und einer ebenso unwillkürlichen, zarten Achtung ein: so bescheiden gab sie sich, sowenig schien sie sich selbst der Macht ihrer Reize bewußt zu sein. Manche fanden sie freilich etwas blaß; der Blick ihrer Augen, die sie fast immer gesenkt hielt, drückte eine gewisse Schüchternheit und sogar Furchtsamkeit aus; ihre Lippen lächelten selten und dann auch nur kaum wahrnehmbar; ihre Stimme hatte selten jemand gehört. Aber es ging das Gerücht, daß diese Stimme sehr schön sei, und daß sie manchmal in ihrer verschlossenen Kammer, früh morgens, wo noch die ganze Stadt schlief, alte Lieder sänge und sich selbst auf der Laute begleite. Trotz ihres blassen Aussehens erfreute sich Valeria einer blühenden Gesundheit, und selbst alte Leute, welche sie sahen, sagten sich unwillkürlich: »O wie glücklich wird der Jüngling sein, für den sich diese unberührte, jungfräuliche Knospe dereinst zur Blüte entfalten wird!«

II.

Fabius und Mutius erblickten Valeria zum ersten Male bei einem prächtigen Volksfeste, das auf Befehl des Herzogs Ercole von Ferrara, eines Sohnes der berühmten Lucretia Borgia, zu Ehren der Würdenträger gegeben wurde, die aus Paris auf Einladung der Herzogin, einer Tochter des Königs Ludwig XII. von Frankreich, eingetroffen waren. Valeria saß neben ihrer Mutter in der Mitte einer schönen Tribüne, die nach dem Entwurf Palladios auf dem Hauptplatze von Ferrara für die vornehmsten Damen der Stadt errichtet war. Beide Jünglinge, Fabius und Mutius, verliebten sich am gleichen Tage leidenschaftlich in das Mädchen; und da sie vor einander nichts zu verheimlichen pflegten, erfuhr ein jeder von ihnen sehr bald, was das Herz des andern erfüllte. Sie einigten sich, daß ein jeder von ihnen versuchen werde, sich Valeria zu nähern, und wenn sie einem von ihnen den Vorzug geben sollte, werde sich der andere widerspruchslos ihrer Entscheidung unterwerfen müssen. Nach einigen Wochen gelang es den beiden, dank dem guten Rufe, den sie mit Recht genossen, Einlaß in das sonst schwer zugängliche Haus der Witwe zu erlangen; sie erlaubte ihnen, sie zu besuchen. Nun hatten sie fast täglich Gelegenheit, Valeria zu sehen und mit ihr zu sprechen; und mit jedem Tage loderte das in den Herzen der beiden Jünglinge entzündete Feuer heftiger empor; Valeria schien indessen keinem von ihnen den Vorzug zu geben, obgleich sie an diesen Besuchen offenbar Gefallen hatte. Mit Mutius trieb sie Musik, unterhielt sich aber lieber mit Fabius, in dessen Gesellschaft sie viel unbefangener war. Endlich sandten die Jünglinge, um sich Gewißheit über ihr Los zu verschaffen, Valeria einen Brief mit der Bitte, sie möchte sich ihnen selbst erklären und sagen, wem sie ihre Hand geben wolle. Valeria zeigte diesen Brief der Mutter und erklärte ihr, daß sie bereit sei, Jungfrau zu bleiben; wenn aber die Mutter meine, daß es für sie Zeit sei, in die Ehe zu treten, so wolle sie den heiraten, den ihr die Mutter bestimmen würde. Die ehrsame Witwe vergoß einige Tränen bei dem Gedanken an die Trennung von dem geliebten Kinde; sie hatte jedoch keinen Grund, die Freier abzuweisen: einen jeden von ihnen hielt sie für gleich wert, die Hand ihrer Tochter zu erlangen. Doch da sie in der Tiefe ihrer Seele Fabius vorzog und ahnte, daß er auch Valeria mehr zusagte, wies sie auf ihn. Fabius erfuhr schon am nächsten Tage von seinem Glück; und Mutius blieb nichts anderes übrig, als sein Wort zu halten und sich zu fügen.

Das tat er auch; aber Zeuge des Triumphes seines Freundes und Rivalen zu sein, – ging über seine Kraft. Er verkaufte sofort den größeren Teil seines Besitzes und begab sich mit den paar tausend Dukaten, die er dafür bekam, auf eine weite Reise nach dem Morgenlande. Beim Abschied versprach er Fabius, nicht eher zurückzukommen, als bis er fühlen werde, daß die letzten Spuren der Leidenschaft in ihm erloschen wären. Es fiel Fabius schwer, sich von dem Freunde seiner Kindheit und seiner Jugend zu trennen... doch die freudige Erwartung einer nahen Seligkeit ließ alle anderen Gefühle verstummen, und er überließ sich ganz den Wonnen seiner vom Erfolg gekrönten Liebe.

Bald darauf ging er die Ehe mit Valeria ein und erst da erkannte er den ganzen Wert des Schatzes, den er gewonnen hatte. Er besaß eine schöne Villa, in einem schattigen Garten gelegen, in nicht allzugroßer Entfernung von Ferrara; in diese Villa zog er mit seiner Gattin und ihrer Mutter. Eine selige Zeit brach für die beiden an. Valeria zeigte in der Ehe alle ihre Vorzüge und Reize in einem neuen, bezaubernden Lichte; Fabius entwickelte sich aber zu einem bedeutenden Maler: er war nicht mehr einfacher Dilettant, sondern ein Meister. Die Mutter Valerias weidete sich am Glück des jungen Paares und dankte Gott. Vier Jahre zogen dahin so schnell und unbemerkt wie ein seliger Traum. Nur eins fehlte den jungen Gatten, sie hatten nur den einen Kummer: der Himmel gab ihnen keine Kinder... aber die Hoffnung verließ sie nicht. Am Ende des vierten Jahres erfuhren sie ein großes, diesmal wirkliches Unglück: nach kurzer Krankheit starb die Mutter Valerias.

Valeria vergoß viele Tränen und konnte sich lange nicht in den Verlust finden. Aber es verging noch ein Jahr, das Leben trat wieder in seine Rechte, und alles kam in das frühere Geleise. Und da, an einem schönen Sommerabend, kehrte nach Ferrara, ohne jemand benachrichtigt zu haben, Mutius zurück.

III

In den ganzen fünf Jahren, die er abwesend war, hatte niemand etwas von ihm gehört; alle Gerüchte über ihn waren verstummt, als ob er ganz vom Erdboden verschwunden wäre. Als Fabius seinem Freund in einer der Straßen von Ferrara begegnete, schrie er beinahe laut auf, – zuerst vor Erstaunen und dann vor Freude. Er lud ihn sogleich nach seiner Villa ein. In seinem Garten hatte er einen abgesonderten, geräumigen Pavillon, und er schlug dem Freunde vor, in diesen Pavillon zu ziehen. Mutius ging gern darauf ein und siedelte noch am gleichen Tage in Begleitung seines stummen, malaiischen Dieners dahin über. Der Malaie war stumm doch nicht taub und sogar, nach der Lebendigkeit seines Blickes zu schließen, sehr aufgeweckt und verständig... Man hatte ihm einst die Zunge herausgeschnitten. Mutius brachte zahlreiche Koffer mit, angefüllt mit den verschiedenartigsten Kostbarkeiten, die er auf seinen langen Reisen gesammelt hatte. Auch Valeria freute sich über die Rückkehr des Mutius; er begrüßte sie freundschaftlich heiter, doch ruhig, und man konnte nach seinem ganzen Gebaren schließen, daß er seinem Freund Fabius das Wort gehalten hatte. Im Laufe des ersten Tages richtete er sich in seinem Pavillon ein und packte mit Hilfe des Malaien die mitgebrachten Schätze aus: Teppiche, seidene Stoffe, Gewänder aus Samt und Brokat, Waffen, Schalen, Schüsseln und Becher, verziert mit Email, Gegenstände aus Gold und Silber, geschmückt mit Perlen und Türkisen, geschnitzte Kästchen aus Bernstein und Elfenbein, geschliffene Flaschen, Gewürze und Räucherwerk, Tierfelle, Federn unbekannter Vögel und eine Menge anderer Sachen, deren Gebrauch sogar geheimnisvoll und unbegreiflich erschien. Unter allen diesen Kostbarkeiten war auch ein reiches Perlenhalsband, das Mutius vom persischen Schah für einen gewissen großen und geheimen Dienst erhalten hatte; er bat Valeria um Erlaubnis, ihr dieses Perlenhalsband eigenhändig um den Hals legen zu dürfen: es erschien ihr ungewöhnlich schwer und mit einer seltsamen Wärme behaftet... es schmiegte sich auch sofort fest an ihre Haut. Am Abend nach der Mahlzeit saßen sie alle auf der Terrasse der Villa im Schatten der Oleander und Lorbeeren, und Mutius begann seine Erlebnisse zu schildern. Er erzählte von den fernen Ländern, die er besucht, von Bergen, die über die Wolken hinaufragen, von Flüssen, groß und mächtig wie Meere; er sprach von riesenhaften Gebäuden und Tempeln, von tausendjährigen Bäumen, von in allen Farben des Regenbogens schillernden Blumen und Vögeln, er nannte die Namen der Städte und Völker, die er besucht hatte... schon diese Namen klangen wie Märchen. Mutius kannte den ganzen Orient: er hatte Persien durchreist und Arabien, wo die Pferde schöner und edler sind als alle anderen Geschöpfe; war in die Tiefe Indiens eingedrungen, wo die Menschen herrlichen Gewächsen gleichen; hatte die Grenzen Chinas und Tibets erreicht, wo ein Gott, namens Dalai-Lama in Gestalt eines schweigsamen Mannes mit Schlitzaugen leibhaftig auf Erden wohnt. Wunderbar waren seine Erzählungen! Fabius und Valeria hörten ihm wie bezaubert zu. Mutius hatte sich äußerlich wenig verändert: sein von Kindheit an braunes Gesicht war nur noch etwas dunkler geworden, versengt von den Strahlen einer heißeren Sonne, und die Augen schienen etwas tiefer als früher; das war auch alles. Sein Gesichtsausdruck war aber ein anderer geworden: er schien in sich gekehrt, ernst, und belebte sich auch dann nicht, wenn er von den Gefahren sprach, die er bestanden, nachts in Wäldern, wo Tiger heulten, oder am Tage, auf einsamen Wegen, wo Fanatiker auf die Reisenden lauerten, um sie zu Ehren einer eisernen Göttin, die nach Menschenopfern verlangt, zu erdrosseln. Auch die Stimme Mutius' war dumpfer und eintöniger geworden; die Bewegungen seiner Arme und des ganzen Körpers hatten jene Freiheit und Ungezwungenheit verloren, die sonst den Italienern eigen ist. Mit Hilfe seines Dieners, des unterwürfigen und flinken Malaien, zeigte er seinen Freunden einige Kunststücke, die er von den indischen Brahminen gelernt hatte. So versteckte er sich z. B. hinter einem Vorhange und erschien plötzlich mit untergeschlagenen Beinen frei in der Luft schwebend, wobei er sich nur leicht mit den Fingerspitzen auf ein senkrecht aufgestelltes Bambusrohr stützte, was Fabius in großes Erstaunen setzte und Valeria sogar erschreckte... – »Ist er wohl gar mit bösen Mächten im Bunde?« dachte sie. – Als er aber mit den Tönen einer kleinen Flöte aus einem geschlossenen Korbe zahme Schlangen hervorzulocken begann und als die Schlangen, ihre Stacheln bewegend, die dunklen, platten Köpfe unter der bunten Decke hervorsteckten, geriet Valeria in Entsetzen und bat Mutius, diese ekelhaften Geschöpfe so schnell wie möglich zu verstecken. Beim Nachtmahl traktierte Mutius seine Freunde mit Schiras-Wein aus einer langhalsigen bauchigen Flasche; der ungewöhnlich aromatische und dicke Wein war von goldener Farbe und schillerte grünlich und geheimnisvoll in den kleinen Schalen aus Jaspis, in die er ihn einschenkte. Sein Geschmack war von dem der europäischen Weine verschieden: er war sehr süß und würzig, und wirkte, wenn man ihn langsam in kleinen Zügen trank, angenehm einschläfernd auf alle Glieder. Mutius nötigte Fabius und Valeria davon zu trinken und trank auch selbst. Er beugte sich über Valerias Schale und flüsterte etwas, wobei er die Finger eigentümlich bewegte. Valeria bemerkte es; da ihr aber die Manieren Mutius' und sein ganzes Auftreten auch ohnehin fremd und sonderbar vorkamen, dachte sie nur: »Hat er vielleicht in Indien irgend einen fremden Glauben angenommen? Oder herrschen dort solche Gebräuche?« – Nach kurzem Schweigen fragte sie ihn, ob er auch während seiner Reise Musik getrieben habe. Als Antwort ließ er sich von seinem Malaien seine indische Geige bringen. Sie glich den hiesigen, nur hatte sie statt der vier Saiten drei; sie war mit bläulicher Schlangenhaut überzogen, und der dünne Bogen aus Rohr war zu einem Halbkreis geschwungen und trug an seinem Ende einen spitzgeschliffenen funkelnden Diamanten.

Mutius spielte zunächst einige traurige, wie er behauptete, volkstümliche Lieder, die für ein italienisches Ohr seltsam und sogar wild klangen; die metallenen Saiten tönten klagend und schwach. Als aber Mutius ein neues Lied anstimmte, wurde der Ton plötzlich stark und klangvoll; der Bogen, den er sehr breit führte, zauberte eine leidenschaftliche Melodie hervor, sie glitt anmutig dahin, wie jene Schlange, deren Haut die Geige bedeckte; und die Melodie leuchtete und glühte in solchem Feuer, in solchem triumphierenden Jubel, daß es Fabius und Valeria ganz unheimlich zumute wurde, und ihnen Tränen in die Augen traten... während Mutius, mit gebeugtem, an die Geige gedrücktem Kopf, mit blassen Wangen und zu einem Strich zusammengezogenen Brauen noch ernster, noch mehr in sich gekehrt erschien, und der Diamant an der Spitze des Bogens im Hin-und Hergehen blendende Funken um sich warf, gleichsam vom Feuer des wunderbaren Liedes entzündet. Als Mutius geendet hatte, hielt er die Geige noch immer zwischen Kinn und Schultern gedrückt, ließ aber die Hand mit dem Bogen sinken. - »Was ist das? Was hast du uns gespielt?« rief Fabius. – Valeria sprach kein Wort, schien aber mit ihrem ganzen Wesen die Frage ihres Mannes zu wiederholen. Mutius legte die Geige auf den Tisch, schüttelte leicht das Haar und sagte höflich lächelnd: »Das? Diese Weise...dieses Lied hörte ich einmal auf der Insel Ceylon. Es heißt dort im Volke das Lied der glücklichen, befriedigten Liebe.« – »Spiele es noch einmal,« flüsterte Fabius. – »Nein; ich darf es nicht wiederholen,« entgegnete Mutius. »Auch ist es zu spät. Signora Valeria bedarf der Ruhe und auch ich muß gehen...ich bin so müde.« Im Laufe dieses ganzen Tages hatte sich Mutius im Verkehr mit Valeria höflich und einfach, wie ein alter Freund benommen; beim Abschied drückte er ihr aber auffallend fest die Hand, wobei er seine Finger auf ihre Handfläche preßte, und blickte ihr so unverwandt ins Gesicht, daß sie, obwohl sie die Augenlider gesenkt hatte, diesen Blick auf ihren plötzlich erglühenden Wangen spürte. Sie sagte nichts zu Mutius, riß aber ihre Hand aus der seinigen los, und als er gegangen war, warf sie noch einen Blick auf die Türe, durch die er sich entfernt hatte. Es fiel ihr ein, daß sie auch in den früheren Jahren vor ihm eine gewisse Furcht gehabt hatte...nun war sie ganz verwirrt. Mutius begab sich nach seinem Pavillon, und die Gatten zogen sich in ihr Schlafgemach zurück.

IV.

Valeria konnte lange nicht einschlafen; ihr Blut wogte langsam und matt, und in ihrem Kopfe sang es ganz leise… Es kam vom seltsamen Wein, meinte sie, vielleicht auch von den Erzählungen des Mutius, oder von seinem Geigenspiel… Erst beim Morgengrauen schlief sie ein und hatte einen wunderbaren Traum.

Es war ihr, als träte sie in ein geräumiges Zimmer mit niedriger gewölbter Decke… Ein solches Zimmer hatte sie noch nie im Leben gesehen. Alle Wände waren mit kleinen blauen, mit goldenem Blumenmuster verzierten Kacheln bekleidet; schlanke Säulen von geschnitztem Alabaster stützten die Marmordecke; die Decke und die Säulen waren wie durchsichtig… bleiches rosiges Licht drang von allen Seiten in den Raum und übergoß geheimnisvoll und gleichmäßig alle Gegenstände; in der Mitte des spiegelglatten Fußbodens lagen auf einem schmalen Teppich Kissen aus Brokat. In den Ecken rauchten kaum wahrnehmbar große Räucherbecken in Form von Märchenungeheuern; es gab hier keine Fenster; in einer Wandnische dunkelte stumm eine mit einem Samtvorhang verhängte Tür. Und plötzlich gleitet dieser Vorhang langsam zur Seite… und an der Schwelle erscheint Mutius. Er verbeugt sich vor ihr, öffnet die Arme, lacht… Seine harten Arme umschlingen roh Valerias Oberkörper, seine trockenen Lippen versengen sie am ganzen Leibe… Sie sinkt zurück auf die Polster…

Valeria stöhnt vor Schreck auf, macht verzweifelte Anstrengungen und erwacht. Ohne noch zu begreifen, wo sie ist und was mit ihr geschehen, richtet sie sich im Bette auf und blickt sich ganz bestürzt um… Sie bebt am ganzen Körper… Fabius liegt an ihrer Seite. Er schläft; doch sein Gesicht scheint im Lichte des runden und hellen Vollmondes, der durchs Fenster hereinblickt, bleich wie bei einem Toten… es ist trauriger als das Gesicht eines Toten. Valeria weckt ihren Mann, und als er sie erblickt, ruft er aus: »Was hast du?« – »Ich hatte… ich hatte einen schrecklichen Traum,« flüstert sie, noch immer am ganzen Leibe bebend…

Aber in diesem Augenblick erklangen vom Pavillon her laute seltsame Töne, und beide, Fabius wie Valeria, erkannten die Melodie, die ihnen Mutius vorgespielt und die er das Lied der befriedigten, triumphierenden Liebe genannt hatte. – Fabius blickte verlegen auf Valeria… sie schloß die Augen, wandte sich ab, – und beide lauschten mit verhaltenem Atem dem Liede bis zu Ende. Als der letzte Ton erstorben war, versteckte sich der Mond hinter einer Wolke, und im Zimmer wurde es plötzlich dunkel… Beide Gatten ließen ihre Köpfe auf die Polster sinken, ohne ein Wort zu wechseln – und keiner von den beiden merkte, wann der andere einschlief.

V

Am nächsten Morgen kam Mutius zum Frühstück; er schien zufrieden und begrüßte Valeria sehr heiter. Sie erwiderte den Gruß ganz verwirrt, sie blickte ihn flüchtig an und erschrak vor seinem zufriedenen, heiteren Gesicht, vor seinen durchdringenden, fragenden Augen. Mutius begann wieder etwas zu erzählen, Fabius unterbrach ihn aber beim ersten Wort.

»Du hast wohl am neuen Orte nicht einschlafen können? Wir beide hörten, wie du das gestrige Lied spieltest.«

»Ja? Habt ihr es gehört?« sagte Mutius. »Ich habe es wirklich gespielt; vorher hatte ich aber geschlafen und sogar einen wunderbaren Traum gehabt.«

Valeria horchte auf. »Was für einen Traum?« fragte Fabius.

»Es war mir,« antwortete Mutius, indem er unverwandt auf Valeria blickte, »es war mir, als ob ich in ein geräumiges Zimmer träte; es hatte eine gewölbte Decke und war in orientalischem Geschmack ausgestattet. Geschnitzte Säulen trugen die Decke, die Wände waren mit Kacheln bekleidet, und obwohl es weder Fenster noch Kerzen gab, war das ganze Zimmer von einem rosigen Lichtschein erfüllt, als ob seine Wände aus durchsichtigen Steinen zusammengefügt wären. In den Ecken standen chinesische Räucherbecken, auf dem Boden lagen auf einem schmalen Teppich Brokatkissen. Ich betrat den Raum durch eine verhängte Türe und aus einer anderen Türe, gegenüber, erschien eine Frau, die ich einst geliebt hatte. Und sie erschien mir so schön, daß ich wieder in Liebe zu ihr entbrannte wie früher...«

Mutius schwieg bedeutungsvoll. Valeria saß unbeweglich, wurde immer bleicher und atmete immer tiefer.

»Da erwachte ich,« fuhr Mutius fort, »und spielte jenes Lied.«

»Wer war sie?« fragte Fabius.

»Wer sie war? Die Frau eines Indiers. Ich hatte sie in der Stadt Delhi kennen gelernt... Sie ist nicht mehr am Leben... sie ist gestorben.«

»Und der Gatte?« fragte Fabius, ohne selbst zu wissen, warum.

»Auch der Gatte soll tot sein. Ich habe die beiden bald aus dem Gesicht verloren.«

»Seltsam!« bemerkte Fabius. »Auch meine Frau will diese Nacht einen sonderbaren Traum gehabt haben (Mutius blickte unverwandt auf Valeria), den sie mir nicht erzählt hat,« fügte Fabius hinzu.

In diesem Augenblick stand aber Valeria auf und verließ das Zimmer. – Auch Mutius ging gleich nach dem Frühstück fort und erklärte, daß er in Geschäften nach Ferrara müsse und vor Abend nicht zurückkehren werde.

VI.

Einige Wochen vor der Rückkehr des Mutius hatte Fabius das Bildnis seiner Frau begonnen; es stellte sie mit den Attributen der heiligen Cäcilie dar. – Er hatte in seiner Kunst große Fortschritte gemacht; der berühmte Luini, ein Schüler Leonardo da Vincis, hatte ihn in Ferrara besucht und ihm neben eigenen Ratschlägen auch einige Lehren seines großen Meisters mitgeteilt. Das Bildnis war fast fertig; Fabius hatte nur noch mit wenigen Strichen das Gesicht zu vollenden; er durfte auf sein Werk mit Recht stolz sein. – Nachdem er Mutius nach Ferrara hatte ziehen lassen, begab er sich in seine Werkstatt, wo ihn Valeria zu erwarten pflegte; diesmal fand er sie aber nicht vor; er rief sie, und sie antwortete nicht. Fabius fühlte sich von einer geheimen Unruhe erfaßt und begann sie zu suchen. Im Hause war sie nicht; Fabius lief in den Garten und fand schließlich Valeria in einer der entlegensten Alleen. Den Kopf auf die Brust gesenkt, die Hände auf den Knien gekreuzt, so saß sie auf einer Bank, und hinter ihr hob sich vom dunklen Grün einer Zypresse ein marmorner Satyr ab, der schadenfroh grinste und an den gespitzten Lippen eine Flöte hielt. Valeria freute sich sichtlich über das Erscheinen des Gatten und antwortete auf seine unruhigen Fragen, daß sie etwas Kopfweh habe, daß dies aber nichts weiter bedeute und daß sie bereit sei, ihm zu sitzen. Fabius geleitete sie in die Werkstatt, setzte sie auf den gewohnten Platz und ergriff den Pinsel; doch zu seinem großen Verdruß wollte ihm das Gesicht nicht gelingen, so wie er es gewollt hatte. Und nicht etwa, weil es blaß und ermattet erschien... nein; aber jenen reinen, heiligen Ausdruck, der ihm an ihr so gut gefiel und der ihn auf den Gedanken gebracht hatte, seine Gattin als die heilige Cäcilie darzustellen, – diesen Ausdruck fand er heute nicht. Schließlich warf er den Pinsel fort, sagte Valeria, daß er heute nicht in der Stimmung sei und daß es auch ihr guttun würde, sich hinzulegen, da sie nicht ganz wohl zu sein scheine, und stellte die Staffelei mit dem Bilde zur Wand. Valeria stimmte ihm zu, daß sie ausruhen müsse, klagte noch einmal über Kopfweh und zog sich in ihr Schlafgemach zurück. Fabius blieb in der Werkstatt. Er fühlte eine sonderbare Erregung, die er gar nicht begreifen konnte. Die Anwesenheit Mutius' unter seinem Dache, die er selbst heraufbeschworen hatte, war ihm auf einmal lästig. Es war nicht Eifersucht... wie hätte er auch auf Valeria eifersüchtig sein können! – er erkannte aber in Mutius nicht mehr den früheren Freund. All das Fremde, Unbekannte, Neue, was Mutius aus den fernen Ländern mitgebracht hatte und was ihm in Fleisch und Blut übergegangen zu sein schien – alle diese magischen Kunstgriffe, Lieder, seltsamen Getränke, dieser stumme Malaie, und selbst der scharfe würzige Duft, den die Kleider Mutius', sein Haar und sein Atem ausströmten, – all das flößte Fabius ein Gefühl ein, welches dem Mißtrauen, vielleicht sogar der Furcht ähnlich war. Warum starrte dieser Malaie, wenn er bei Tisch bediente, ihn, Fabius so unangenehm und unverwandt an? Man konnte wirklich meinen, er verstände italienisch. Mutius behauptete von ihm, daß er, indem er sich die Zunge herausschneiden ließ, ein großes Opfer gebracht habe, wofür er aber jetzt über eine große geheime Kraft verfüge. – Was war das für eine Kraft? Und wie hat er sie um den Preis seiner Zunge erlangen können? Das alles war ja so seltsam, so unbegreiflich! – Fabius ging zu seiner Frau ins Schlafzimmer. Sie lag angekleidet auf dem Bett, schlief aber nicht. Als sie seine Schritte hörte, fuhr sie zusammen, war aber dann über sein Kommen ebenso erfreit wie vorhin im Garten. Fabius setzte sich zu ihr ans Bett, ergriff Valerias Hand und fragte sie nach kurzem Schweigen, welch einen ungewöhnlichen Traum sie heute Nacht gehabt und warum er sie so erschreckt habe. Ob er in der Art jenes Traumes gewesen sei, von dem Mutius erzählt habe? – Valeria errötete und erwiderte: »O nein, nein! Ich sah... ein Ungeheuer, das mich zerreißen wollte.« – »Ein Ungeheuer? In Menschengestalt?« fragte Fabius. – »Nein, in Gestalt eines Tieres... eines Tieres!« – Und Valeria wandte sich ab und verbarg ihr glühendes Gesicht in den Kissen. Fabius hielt noch eine Weile die Hand seiner Frau in der seinigen fest, führte sie dann schweigend an seine Lippen und verließ das Schlafgemach.

Beide Gatten hatten an diesem Tage wenig Freude. Etwas Finsteres schien über ihnen zu lasten... aber was es war, wußten sie nicht zu sagen. Sie hatten das Bedürfnis, beieinander zu sein, als ob ihnen eine Gefahr drohte; – sie wußten aber nicht, was sie einander sagen könnten.

Fabius versuchte wieder am Bilde zu arbeiten; dann nahm er wieder Ariost vor, dessen Gedicht erst vor kurzem in Ferrara erschienen und schon in ganz Italien berühmt war; es wollte ihm aber nichts gelingen... Spät am Abend, gerade zum Nachtmahl, kehrte Mutius zurück.

VII.

Er schien ruhig und zufrieden, erzählte aber sehr wenig; umsomehr Fragen richtete er an Fabius: über die früheren gemeinsamen Bekannten, den deutschen Feldzug, über Kaiser Karl; er sprach auch von seinem Wunsch, nach Rom zu gehen, um den neuen Papst zu sehen. Er bot Valeria wieder den Schiras-Wein an; und als sie ablehnte, murmelte er wie vor sich hin: »Jetzt ist es nicht mehr nötig.« – Die Gatten begaben sich nach dem Nachtmahl in ihr Schlafgemach, und Fabius schlief rasch ein... Als er aber nach einer Stunde erwachte, sah er, daß niemand sein Lager teilte: Valeria lag nicht an seiner Seite. Er stand rasch auf und sah im gleichen Augenblick, wie seine Frau im Nachtgewande aus dem Garten ins Zimmer zurückkehrte. – Obwohl es kurz vorher geregnet hatte, schien der Mond hell am heiteren Himmel. Valeria näherte sich mit geschlossenen Augen und dem Ausdrucke geheimen Grauens auf dem unbeweglichen Gesicht dem Bette, betastete es mit vorgestreckten Armen und legte sich rasch und stumm nieder. Fabius wandte sich an sie mit einer Frage, sie gab ihm aber keine Antwort und schien zu schlafen. Er berührte sie und fühlte an ihrer Kleidung und an ihrem Haar Regentropfen und an den Sohlen ihrer bloßen Füße – Sandkörner. Da sprang er auf und lief durch die halbgeöffnete Türe in den Garten hinaus. Das ungemein grelle Mondlicht lag auf allen Dingen. Fabius blickte sich um und entdeckte auf dem Sande des Weges die Spuren von zwei Paar Füßen, von denen das eine barfuß war; die Spuren führten zu einer Jasminlaube, die etwas abseits zwischen dem Hause und dem Pavillon stand. Er blieb ganz verwirrt stehen – und plötzlich erklangen wieder die Töne des Liedes, das er in der vergangenen Nacht gehört hatte! Fabius zuckte zusammen und eilte in den Pavillon... Mutius stand mitten im Zimmer und spielte auf der Geige. Fabius stürzte auf ihn zu.

»Du warst im Garten, du warst im Freien, deine Kleider sind vom Regen naß!«

»Nein... ich weiß nicht... ich glaube... ich war nicht draußen...« antwortete Mutius mit sichtbarer Anstrengung, gleichsam verwundert über das plötzliche Erscheinen Fabius' und dessen Erregung.

Fabius ergreift seine Hand. »Und warum spielst du wieder diese Weise? Hast du wieder geträumt?«

Mutius blickt Fabius noch immer erstaunt an und schweigt.

»Antworte doch!«

> »Kupfern steht des Mondes Schild,
> Schlangengleich das Bächlein quillt,
> Und der Habicht packt das Wild,
> Und des Freundes Stimme schrillt:
> Hilf!..«

murmelt Mutius singend, wie im Schlafe.

Fabius taumelte einige Schritte zurück, starrte Mutius an, blieb noch eine Weile unschlüssig stehen,... und kehrte nach Hause und in sein Schlafgemach zurück.

Das Haupt auf die Schulter gebeugt und die Arme kraftlos zur Seite geworfen, schlief Valeria einen schweren Schlaf. Es dauerte einige Zeit, bis es ihm gelang, sie zu wecken... Als sie ihn erkannte, warf sie sich an seinen Hals und umarmte ihn krampfhaft; sie bebte am ganzen Körper. – »Was hast du, meine Liebe, was hast du?« wiederholte Fabius, indem er sich Mühe gab, sie zu beruhigen. Sie lag aber, noch immer am ganzen Leibe bebend, an seiner Brust. – »Ach, welch furchtbare Träume habe ich!« flüsterte sie, sich mit dem Gesicht an ihn schmiegend. Fabius wollte sie ausfragen, aber sie begann bei seinem ersten Worte noch mehr zu zittern...

Die Fensterscheiben röteten sich im ersten Frühlicht, als sie endlich in seinen Armen einschlummerte.

VIII.

Am nächsten Tage war Mutius schon am frühen Morgen verschwunden, und Valeria erklärte dem Gatten, daß sie ein nahes Kloster aufsuchen wolle, wo ihr Beichtvater, ein alter ehrwürdiger Mönch, zu dem sie grenzenloses Vertrauen habe, wohnte. Auf die Fragen Fabius' antwortete sie, daß sie ihr Herz, auf dem die ungewöhnlichen Eindrücke der letzten Tage so schwer lasteten, durch die Beichte erleichtern möchte. Als Fabius sah, wie abgemagert ihr Gesicht war, als er hörte, wie dumpf und müde ihre Stimme klang, billigte er ihren Entschluß: der ehrwürdige Pater Lorenzo könnte ihr mit gutem Rat beistehen und ihre Zweifel zerstreuen... Valeria begab sich unter dem Schutze von vier Begleitern ins Kloster, während Fabius zu Hause blieb. In Erwartung der Rückkehr seiner Frau irrte er im Garten umher und suchte sich, gepeinigt von beständiger Furcht und Zorn und unbestimmtem Verdacht, zu erklären, was mit ihr vorging... Er ging einige Male in den Pavillon, Mutius war aber noch nicht zurückgekehrt, und der Malaie blickte ihn an wie ein Götze, den Kopf ehrfurchtsvoll geneigt, mit einem rätselhaften und, wie es Fabius schien, bedeutungsvollen und unheimlichen Lächeln auf dem bronzenen Gesicht. Valeria erzählte indessen in der Beichte ihrem Seelsorger, weniger von Scham als von Furcht gequält, alles, was sie in den letzten Tagen erlebt hatte. Der Seelsorger hörte ihr aufmerksam zu, gab ihr seinen Segen, erteilte ihr ob der unfreiwilligen Sünde Absolution, dachte aber bei sich selber: »Zauberei, Blendwerk des Teufels... das darf ich nicht so bleiben lassen...« Unter dem Vorwande, sie völlig beruhigen und trösten zu wollen, begab er sich mit Valeria nach ihrer Villa. – Als Fabius den Beichtvater sah, wurde er von neuer Unruhe ergriffen; doch der vielerfahrene Greis hatte sich noch vorher überlegt, was er tun müsse. Als er mit Fabius allein blieb, verriet er ihm zwar das Beichtgeheimnis nicht, gab ihm aber den Rat, den Gast, den er selbst eingeladen hatte und der durch seine Erzählungen, Lieder und sein ganzes Gebaren die Phantasie Valerias verwirrte, wenn es nur irgendmöglich sei, aus seinem Hause zu entfernen. Außerdem, meinte der Greis, sei Mutius auch früher, soviel er sich erinnern könne, nicht sonderlich fest im Glauben gewesen; nachdem er sich aber so lange in fremden Ländern, die noch nicht vom Lichte des Christentums erleuchtet seien, aufgehalten habe, hätte er sich dort leicht mit der Pest der Irrlehren und sogar mit den Geheimnissen der Magier angesteckt haben können. Wenn ihm auch die alte Freundschaft gewisse Rechte gebe, so gebiete ihm doch die kluge Vorsicht, sich von Mutius zu trennen. Fabius stimmte völlig der Ansicht des ehrwürdigen Mönches zu, und sogar Valeria wurde wieder heiter, als der Gatte ihr den Rat des Beichtvaters mitteilte; von den Segenswünschen der beiden begleitet, mit reichen Geschenken für das Kloster und für die Armen beladen, kehrte Pater Lorenzo in sein Kloster zurück.

Fabius wollte gleich nach dem Nachtmahl mit Mutius sprechen, doch der unheimliche Gast war auch zum Nachtmahl noch nicht zurückgekehrt. Daher beschloß Fabius, die Aussprache mit Mutius auf den nächsten Morgen zu verschieben, und beide Gatten begaben sich in ihr Schlafgemach.

IX.

Valeria schlief bald ein, aber Fabius konnte lange keine Ruhe finden. In der Stille der Nacht trat ihm alles, was er gesehen und empfunden hatte, noch lebendiger vor Augen; er stellte sich noch hartnäckiger die Fragen, auf die er noch immer keine Antwort finden konnte .. Ob Mutius tatsächlich mit den bösen Mächten im Bunde stehe und ob er Valeria nicht vergiftet habe? – Sie war krank, doch was war ihre Krankheit? – Während er, den Kopf in die Hand gestützt und den heißen Atem anhaltend, sich den bangen Zweifeln überließ, ging am wolkenlosen Himmel wieder der Mond auf; und zugleich mit seinen Strahlen drang durch die halbdurchsichtigen Fensterscheiben, von der Seite des Pavillons her, – oder kam es Fabius nur so vor? – drang ein leichter duftender Hauch ins Zimmer … da hörte er ein zudringliches, leidenschaftliches Geflüster … und im gleichen Augenblick sah er, wie Valeria sich auf ihrem Lager leise rührte. Er fährt zusammen und sieht: sie erhebt sich, steckt erst das eine, dann das andere Bein aus dem Bett und geht wie eine Mondsüchtige, die trüben Augen leblos geradeaus gerichtet, die Arme vorgestreckt zur Gartentüre! Fabius stürzt im gleichen Augenblick durch eine andere Türe aus dem Schlafgemach, läuft, so schnell er kann, um die Ecke des Hauses herum und drückt die Türe, die nach dem Garten führt, von außen zu. Kaum hat er aber die Klinke erfaßt, als er merkt, daß jemand die Türe von innen öffnen will, sich gegen sie stemmt, – wieder und wieder – dann hört er ein schmerzvolles Aufstöhnen …

»Aber Mutius ist ja noch nicht zurückgekehrt,« geht es Fabius durch den Kopf, – und er stürzt zum Pavillon.

Und was sieht er?

Ihm entgegen kommt auf dem vom Mondlicht übergossenen Wege gleichfalls wie ein Mondsüchtiger, gleichfalls die Arme vorgestreckt und die Augen leblos und starr aufgerissen, Mutius … Fabius eilt ihm entgegen, aber jener sieht ihn nicht, schreitet langsam und gemessen, und sein unbewegliches Gesicht zeigt im Mondlichte das gleiche Lächeln, wie es Fabius beim Malaien wahrgenommen hat. Fabius will ihn beim Namen rufen … doch im gleichen Augenblicke hört er: hinten im Hause wird ein Fenster geöffnet … Er blickt zurück …

Und in der Tat: das Fenster im Schlafzimmer ist ganz heruntergeklappt, und im Fenster steht Valeria, einen Fuß über das Fensterbrett erhoben … ihre Arme scheinen Mutius zu suchen … sie strebt mit ihrem ganzen Leibe zu ihm hin …

Unbeschreibliche Wut erfüllte plötzlich Fabius. – »Verfluchter Zauberer!« schrie er rasend auf, packte Mutius mit der einen Hand an der Kehle, zog mit der anderen den Dolch aus dem Gürtel und stieß ihn bis an den Griff in Mutius' Hüfte.

Mutius schrie durchdringend auf, drückte sich die Hand auf die Wunde und lief stolpernd in seinen Pavillon zurück … doch im gleichen Augenblick, als Fabius ihn traf, schrie auch Valeria ebenso durchdringend auf und fiel wie vom Blitze getroffen zu Boden.

Fabius eilte zu ihr hin, hob sie auf, trug sie ins Bett und sprach auf sie ein …

Sie lag lange regungslos; endlich öffnete sie die Augen, holte tief Atem so freudig und tief, wie ein Mensch, der soeben einem unvermeidlichen Tode entronnen ist, erkannte den Gatten, umschlang seinen Hals mit den Armen und schmiegte ihr Haupt an seine Brust. – »Du, du, das bist du!« lallte sie. Allmählich lösten sich ihre Arme, der Kopf fiel zurück, sie flüsterte mit seligem Lächeln: »Gott sei Dank, alles ist vorbei … Aber ich bin so müde!« und sank in einen festen, doch nicht schweren Schlaf.

X.

Fabius ließ sich an ihrem Lager nieder, blickte unverwandt auf ihr bleiches, abgemagertes, doch schon beruhigtes Antlitz und begann über das Geschehene nachzudenken … und auch darüber, was er jetzt unternehmen sollte? Was sollte er tun? Wenn er Mutius wirklich getötet hatte, – und wenn er sich erinnerte, wie tief die Klinge des Dolches einges drungen war, durfte er nicht daran zweifeln, – dann ließe es sich ja doch unmöglich verheimlichen! Er sollte es eigentlich selbst dem Herzog und dem Gericht melden … doch wie es erklären, wie eine so unbegreifliche Sache erzählen? Er, Fabius, hatte in seinem Hause seinen Verwandten, seinen besten Freund, ermordet! Gleich wird man ihn fragen: Wofür? Aus welchem Grunde? .. Und wenn Mutius doch nicht tot ist? – Fabius konnte diesen Zustand nicht länger ertragen, er mußte sich Gewißheit verschaffen; er überzeugte sich, daß Valeria schlief, erhob sich vorsichtig vom Sessel, verließ das Haus und ging zum Pavillon. Im Pavillon war alles still; nur in einem Fenster war noch Licht. Mit bebendem Herzen öffnete er die äußere Türe (er sah auf ihr noch die Abdrücke blutiger Finger, und auch auf dem Sande des Weges waren dunkle Blutspuren zu sehen), – er durchschritt das erste dunkle Zimmer … und blieb erstaunt und bestürzt auf der Schwellestehen.

In der Mitte des Zimmers lag auf einem persischen Teppich, ein Brokatkissen unter dem Kopfe, mit einem breiten roten, schwarzgemusterten Schal bedeckt, alle Glieder gerade ausgestreckt, Mutius; sein Gesicht, gelb wie Wachs, mit geschlossenen Augen und blau angelaufenen Lidern, war nach oben gerichtet. Zu seinen Füßen kniete, gleichfalls in einen roten Schal gehüllt, der Malaie. Er hielt in der linken Hand einen Zweig von einer unbekannten Pflanze, dem Farnkraut ähnlich, und blickte, leicht vornübergebeugt, unverwandt auf seinen Herrn. Eine kleine Fackel, in den Boden gesteckt, brannte mit grünlichem Feuer und beleuchtete allein das Zimmer. Die Flamme schwankte nicht und rauchte nicht. Als Fabius eintrat, rührte sich der Malaie nicht, er warf ihm nur einen raschen Blick zu und richtete dann die Augen wieder auf Mutius. Ab und zu senkte er den Zweig, schüttelte ihn in der Luft, und seine stummen Lippen bewegten sich langsam, gleichsam tonlose Worte sprechend. Zwischen dem Malaien und Mutius lag auf dem Boden der Dolch, mit dem Fabius seinen Freund getroffen hatte: der Malaie schlug einmal mit dem Zweige auf die blutige Klinge. So verging eine Minute, – eine zweite. Fabius näherte sich dem Malaien, beugte sich zu ihm und fragte leise: »Ist er tot?« Der Malaie nickte mit dem Kopf, zog die rechte Hand aus dem Schal hervor und wies befehlend auf die Türe. Fabius wollte die Frage wiederholen, doch die befehlende Hand wiederholte die Gebärde, – und Fabius verließ das Haus, empört und erstaunt, aber sich fügend.

Er fand Valeria noch immer schlafend, und ihr Gesicht schien noch beruhigter. Er kleidete sich nicht aus, setzte sich ans Fenster, stützte den Kopf in die Hand und versank wieder in Nachdenken. Als die Sonne aufging, fand sie ihn noch auf demselben Platze. Valeria war nicht erwacht.

XI.

Fabius wollte abwarten, daß sie erwache, und dann nach Ferrara gehen, – als plötzlich jemand leise an die Schlafzimmertüre klopfte. Fabius ging hinaus und sah seinen alten Haushofmeister Antonio vor sich. »Signor,« begann der Alte, »der Malaie hat uns soeben erklärt, daß Signor Mutius erkrankt ist und mit allen seinen Sachen in die Stadt übersiedeln will; daher läßt er Euch bitten, ihm Leute zu geben, die beim Einpacken der Sachen helfen sollen, und gegen Mittag Saum-und Reitpferde, sowie einige Begleiter zur Verfügung zu stellen. Wollt Ihr es genehmigen?« – »Der Malaie hat dir das gesagt?« fragte Fabius. »Wieso? Er ist doch stumm.« – »Hier ist der Zettel, auf dem er alles in unserer Sprache aufgeschrieben hat, und sogar sehr richtig.« – »Und du sagst, daß Mutius krank ist?« – »Ja, er ist schwer krank, und man darf nicht zu ihm hinein.« »Hat man denn nicht nach einem Arzte geschickt?« – »Nein, der Malaie wollte es nicht haben.« – »Und das hat er dir aufgeschrieben?« – »Ja, er.« – Fabius schwieg. – »Nun, ordne es an,« sagte er schließlich. Antonio entfernte sich.

Fabius blickte etwas bestürzt seinem Diener nach. »Er ist also gar nicht tot?« sagte er sich… und er wußte noch nicht, ob er sich darüber freuen oder es beklagen sollte. »Ist er krank? Ich habe ja erst vor einigen Stunden seine Leiche gesehen!«

Fabius kehrte zu Valeria zurück. Sie erwachte und hob den Kopf. Die Gatten wechselten einen langen, vielsagenden Blick. – »Er ist nicht mehr?« fragte plötzlich Valeria. – Fabius fuhr zusammen. – »Wie meinst du… er ist nicht mehr?« – »Hast du denn… ist er abgereist?« fuhr sie fort. Fabius fühlte sich sofort erleichtert. »Nein, noch nicht; er reist aber noch heute ab.« – »Und ich werde ihn nie, nie wiedersehen?« – »Nie.« – Valeria atmete wieder freudig auf; auf ihren Lippen erschien wieder ein seliges Lacheln. Sie streckte dem Gatten beide Hände entgegen. – »Und wir wollen nie wieder von ihm sprechen, hörst du, mein Geliebter, nie wieder! Und ich werde das Zimmer nicht verlassen, solange er nicht abgereist ist. Schicke mir jetzt meine Dienerinnen her… warte noch: nimm dieses Ding weg!« Sie wies auf Mutius’ Geschenk, das Perlenhalsband, das auf dem Nachttische lag. Fabius nahm das Halsband, – die Perlen schienen ihm trübe angelaufen – und erfüllte den Wunsch seiner Frau. Dann begann er wieder im Garten herumzuirren und blickte ab und zu von weitem nach dem Pavillon, bei welchem sich seine Leute bereits zu schaffen machten, Koffer heraustrugen und Pferde beluden… der Malaie war aber nicht dabei. Ein unwiderstehliches Gefühl zog Fabius noch einmal zum Pavillon, um nachzusehen, was sich jetzt dort abspielte. Es fiel ihm ein, daß sich auf der Rückseite des Pavillons eine Geheimtüre befand, durch die er ins Innere des Zimmers gelangen konnte, wo Mutius am Morgen gelegen hatte. – Er schlich sich zu dieser Türe, fand sie unversperrt, schob den schweren Vorhang auseinander und blickte unentschlossen hinein.

XII.

Mutius lag nicht mehr auf dem Teppich. Er saß in Reisekleidern in einem Sessel, sah aber aus wie eine Leiche, wie beim ersten Besuch Fabius'. Der gleichsam zu Stein gewordene, erstarrte Kopf lag auf der Sessellehne, die gelben, leblos ausgestreckten Hände ruhten auf den Knien. Die Brust hob sich nicht. Auf dem mit getrockneten Kräutern bedeckten Boden, vor dem Sessel, standen einige flache Schalen mit einer dunklen Flüssigkeit, der ein starker, beinahe erstickender Geruch von Moschus entströmte. Um jede Schale ringelte sich, ab und zu mit den goldenen Augen funkelnd, eine kleine kupferrote Schlange; und gerade vor Mutius, zwei Schritte vor ihm, ragte die lange Gestalt des Malaien, bekleidet mit einem bunten Brokatgewand, umgürtet mit einem Tigerschwanz und mit einem hohen Hute, einer Art gehörnter Tiara auf dem Kopfe. Diesmal war er aber nicht unbeweglich: bald machte er andächtige Verbeugungen und schien zu beten, bald richtete er sich in seiner ganzen Größe auf und stellte sich sogar auf die Zehen; bald breitete er gemessen die Arme aus, bald bewegte er sie gebieterisch oder drohend in der Richtung nach Mutius hin, zog die Brauen zusammen und stampfte mit den Füßen. Alle diese Bewegungen machten ihm offenbar große Mühe, verursachten ihm sogar Schmerz, denn er atmete schwer, und der Schweiß lief ihm vom Gesicht herab. Plötzlich erstarrte er mit angehaltenem Atem auf einem Flecke, runzelte die Stirne, spannte alle Muskeln seiner geballten Hände an, als ob er die Zügel hielte… und zu unbeschreiblichem Entsetzen des Fabius hob sich Mutius' Kopf, wie von den Händen des Malaien ans gezogen, langsam von der Sessellehne…. Der Malaie ließ die Hände sinken, – und Mutius' Kopf fiel sofort schwer zurück; er hob wieder die Arme, – und der Kopf folgte gehorsam seinen Bewegungen. Die dunkle Flüssigkeit in den Schalen begann zu kochen, die Schalen selbst begannen leise zu klirren, und die kupferroten Schlangen rollten sich wellenförmig um jede Schale. Nun machte der Malaie einen Schritt vorwärts, zog die Brauen in die Höhe, riß die Augen ungeheuer weit auf und nickte mit dem Kopfe gegen Mutius… und die Lider des Toten begannen zu beben, klebten sich ungleichmäßig auseinander, und unter ihnen zeigten sich die Pupillen, trübe wie Blei. Das Gesicht des Malaien erstrahlte in stolzem Triumph und in fast gehässiger Freude; er öffnete weit seine Lippen, und aus der Tiefe seiner Kehle drang ein langgedehnter, heulender Ton… Auch die Lippen Mutius' öffneten sich, und ein schwaches Stöhnen erzitterte auf ihnen als Antwort auf jenen unmenschlichen Schrei…

Nun hielt es Fabius nicht länger aus: es war ihm, als ob er irgend welchen teuflischen Beschwörungen beiwohnte! Er schrie gleichfalls auf und stürzte, ohne sich umzusehen, Gebete vor sich murmelnd und sich bekreuzigend, schnell nach Hause.

XIII.

Nach etwa drei Stunden meldete ihm Antonio, daß alles zur Abreise bereit sei und daß Signor Mutius aufbrechen wolle. Fabius erwiderte darauf kein Wort und trat auf die Terrasse, von wo der Pavillon zu sehen war. Einige Saumpferde standen fertig beladen, und vor dem Eingang zum Pavillon wartete ein kräftiger, rabenschwarzer Hengst mit einem breiten Sattel, welcher für zwei Reiter eingerichtet war. Da standen auch schon Diener mit unbedecktem Kopfe und bewaffnete Begleiter. Die Türe des Pavillons ging auf, und, gestützt vom Malaien, der wieder sein gewöhnliches Kleid trug, erschien Mutius. Sein Gesicht war leichenblaß, seine Hände hingen herab wie bei einem Toten, – aber er schritt vorwärts... ja! er bewegte die Beine, und als ihn der Malaie aufs Pferd gehoben hatte, hielt er sich gerade und fand tastend die Zügel. Der Malaie half ihm in die Bügel, sprang von rückwärts in den Sattel, umfaßte seinen Herrn mit den Armen, – und der ganze Zug setzte sich in Bewegung. Die Pferde gingen im Schritt, und als sie am Hause einbogen, glaubte Fabius zu sehen, wie sich auf dem dunklen Antlitze Mutius' zwei weiße Fleckchen bewegten... Hatte er vielleicht auf ihn seine Pupillen gerichtet? – Nur der Malaie grüßte ihn... höhnisch wie immer.

Ob auch Valeria diese Szene sah? Die Vorhänge an ihren Fenstern waren herabgelassen... vielleicht stand sie aber hinter den Vorhängen.

XIV.

Zu Mittag kam sie ins Speisezimmer und war sehr milde und freundlich; sie klagte aber noch immer über Mattigkeit. Doch ihre Unruhe, ihr ständiges Erstaunen und die heimliche Angst von früher hatten sich verflüchtigt; und als Fabius am nächsten Tage von neuem an ihr Bildnis ging, fand er in ihren Zügen jenen reinen Ausdruck wieder, dessen vorübergehendes Verschwinden ihn so sehr beunruhigt hatte... Und sein Pinsel flog leicht und sicher über die Leinwand.

Das Leben der Gatten kam ins frühere Geleis. Mutius war für sie verschwunden, als ob er überhaupt nie existiert hätte. Wie nach einer stummen Übereinkunft vermieden es Fabius wie Valeria, über ihn zu sprechen und sich sogar nach seinen ferneren Schicksalen zu erkundigen. Mutius war tatsächlich verschwunden, wie in die Erde versunken. Fabius hielt es einmal für seine Pflicht, Valeria zu erzählen, was in jener entscheidenden Nacht vorgefallen... Doch sie erriet wahrscheinlich seine Absicht; sie hielt den Atem an und schloß die Augen, als ob sie einen Schlag erwartete... Und Fabius verstand sie und verschonte sie.

An einem schönen Herbsttage beendigte Fabius sein Cäcilienbild; Valeria saß vor der Orgel, und ihre Finger irrten über die Tasten... Plötzlich ertönte gegen ihren Willen unter ihren Fingern jenes Lied der triumphierenden Liebe, welches einst Mutius gespielt hatte, und im gleichen Augenblick fühlte sie in sich zum ersten Male seit ihrer Verehelichung das Beben eines neuen, keimenden Lebens... Valeria erbebte und hielt an...

Was bedeutete das? Hatte etwa...

Bei diesem Worte endigte die Handschrift.

Klara Militsch

Im Frühjahr 1878 lebte zu Moskau in einem kleinen hölzernen Häuschen in der Schabolowka-Vorstadt ein junger Mann von etwa fünfundzwanzig Jahren, namens Jakow Aratow. Mit ihm wohnte seine Tante, Platonida Iwanowna, die Schwester seines Vaters, eine alte Jungfer von einigen und fünfzig Jahren. Sie besorgte den Haushalt und verwaltete seine Kasse, wozu Aratow selbst nicht das geringste Talent besaß. Andere Verwandte hatte er nicht. Sein Vater, ein nicht sonderlich reicher Edelmann aus dem T-schen Gouvernement, war vor einigen Jahren mit ihm und mit Platonida Iwanowna, die er übrigens immer Platoscha nannte, nach Moskau übersiedelt; auch der Neffe nannte sie nicht anders. Der alte Aratow hatte sein Gut, auf dem er bis dahin ständig gelebt hatte, verlassen, um seinen Sohn, dem er den ersten Unterricht selbst erteilt hatte, in die Moskauer Universität zu geben. Er kaufte sich halb umsonst ein Häuschen in einer der entlegeneren Straßen und richtete sich darin mit allen seinen Büchern und »Präparaten« ein. Von denen hatte er aber eine ganze Menge, denn er war ein Mann, dem die Gelehrsamkeit nicht fremd war, oder ein »geborener Kauz«, wie sich die Nachbarn ausdrückten. Sie hielten ihn sogar für einen Zauberer und nannten ihn scherzweise »Insektenbeobachter«. Er befaßte sich mit Chemie, Mineralogie, Entomologie, Botanik und Medizin und behandelte freiwillige Patienten mit Kräutern und Metallpulvern eigener Erfindung nach der Methode des Paracelsus. Mit diesen selben Pulvern hatte er seine hübsche, junge, aber gar zu schmächtige Frau, die er leidenschaftlich liebte und von der er den einzigen Sohn hatte, ins Grab gebracht. Mit den gleichen Metallpulvern ruinierte er auch die Gesundheit des Sohnes, während seine Absicht war, sie zu kräftigen, da er in Jakows Organismus eine von der Mutter ererbte Anämie und Neigung zu Schwindsucht gefunden zu haben glaubte. Den Spitznamen »Zauberer« verdankte er unter anderm auch dem Umstande, daß er sich für einen Urenkel – natürlich nicht in gerader Linie – des berühmten Bruce ausgab, dem zu Ehren er seinen Sohn Jakow getauft hatte. Er war, was man so nennt, eine Seele von einem Menschen, hatte aber ein melancholisches, schüchternes und schwerfälliges Temperament und eine Neigung für alles Geheimnisvolle und Mystische. Ein geflüstertes »Ah!« war seine gewöhnliche Interjektion; mit diesem »Ah«! auf den Lippen gab er auch, zwei Jahre nach seiner Übersiedlung nach Moskau, den Geist auf.

Sein Sohn Jakow hatte keine Ähnlichkeit mit dem Vater, der unschön, plump und ungelenk gewesen war; er erinnerte eher an die Mutter. Er hatte ihre feinen, anmutigen Züge, ihre weichen, aschgrauen Haare, die gleiche geschwungene Nase, die gleichen vollen kindlichen Lippen und großen grünlichgrauen, etwas verschleierten Augen unter dichten Wimpern. Im Charakter glich er dafür mehr dem Vater; und sein Gesicht, das dem des Vaters sonst unähnlich war, zeigte doch dessen Ausdruck. Er hatte auch die knotigen Arme und die eingefallene Brust des alten Aratows, den man übrigens kaum alt nennen darf, da er, als er starb, noch nicht Fünfzig war. Jakow war noch bei Lebzeiten des Vaters auf die Universität, und zwar auf die physikalisch-mathematische Fakultät, gekommen, aber noch vor Abschluß des Studiums wieder ausgetreten: nicht etwa aus Faulheit, sondern weil er der Ansicht war, daß man zu Hause ebensoviel lernen könne wie auf der Universität; ein Diplom brauchte er nicht, da er nicht die Absicht hatte, die Beamtenkarriere einzuschlagen. Er hielt sich von seinen Kollegen fern, machte fast keine Bekanntschaften, ging allen Menschen, besonders aber den Frauen, aus dem Wege und lebte sehr zurückgezogen, fast immer in seine Bücher vertieft. Er hatte eine Scheu vor den Frauen, obwohl sein Herz empfindsam war und sich leicht für alles Schöne begeisterte. Er schaffte sich sogar ein teures englisches Bilderwerk an und weidete sich (o diese Schande!) am Anblick der darin dargestellten weiblichen Schönheiten... Von allen anderen Schritten hielt ihn aber seine angeborene Schamhaftigkeit zurück. Er bewohnte das große Arbeitszimmer seines Vaters, das ihm zugleich auch als Schlafzimmer diente; er schlief auch in demselben Bett, in dem sein Vater gestorben war.

Die wichtigste Stütze seines ganzen Seins, sein unersetzlicher Genosse und Freund war seine Tante, jene selbe Platoscha, mit der er kaum mehr als zehn Worte am Tag wechselte, ohne die er aber keinen Schritt tun konnte. Sie war ein Geschöpf mit langen Zähnen und farblosen

Augen im langen, blassen Gesicht, das immer den gleichen halb traurigen, halb erschrockenen Ausdruck bewahrte. Immer mit einem grauen Kleid und einem grauen Schal, der nach Kampfer roch, angetan, schlich sie mit unhörbaren Schlitten wie ein Schatten durch das Haus, seufzte, flüsterte Gebete – mit besonderer Vorliebe eines, das nur aus zwei Worten bestand: »Gott hilf!« – und führte mit außerordentlicher Tüchtigkeit die Wirtschaft, sparte, wo sie nur konnte, und besorgte selbst alle Einkäufe. Ihren Neffen vergötterte sie. Sie war stets nur um seine Gesundheit besorgt und sah überall Gefahren für ihn; und wenn ihr auch nur das Geringste vorkam, schlich sie leise in sein Zimmer, stellte vor ihn auf den Schreibtisch eine Tasse Brusttee oder streichelte ihm mit ihren Händen, die so weich wie Watte waren, den Rücken. Jakow empfand diese ewige Besorgtheit um sein Wohlergehen gar nicht als Last, den Brusttee trank er aber nicht und nickte nur anerkennend mit dem Kopfe. Er konnte sich übrigens wirklich keiner besonders kräftigen Konstitution rühmen. Er war leicht erregbar, nervös, hypochondrisch und litt an Herzklopfen, zuweilen auch an Atemnot. Gleich seinem Vater glaubte er daran, daß es in der Natur und in der Menschenseele Geheimnisse gebe, die man zuweilen ahnen, doch niemals ergründen könne. Er glaubte an die Existenz gewisser manchmal wohltätiger, meistens aber feindseliger Kräfte und Strömungen; glaubte auch an die Wissenschaft, an ihre Würde und Bedeutung. In der letzten Zeit befaßte er sich leidenschaftlich mit Photographie. Der Geruch der dabei verwendeten Chemikalien erfüllte die alte Tante mit großer Sorge; diese Sorge galt aber nicht ihr selbst, sondern nur Jascha und seiner schwachen Brust. So mild sein Charakter war, so konnte er zuweilen auch recht eigensinnig sein. Mit solchem Eigensinn setzte er auch die Beschäftigung, an der er soviel Gefallen gefunden, fort. Platoscha fügte sich dem, seufzte aber noch mehr als früher und flüsterte immer öfter das Gebet: »Gott hilf!«, wenn sie seine mit Jod gefärbten Finger sah.

Jakow hielt sich, wie gesagt, von allen Kollegen abseits; einem von ihnen aber schloß er sich recht eng an und setzte den Verkehr mit ihm sogar dann fort, als der bereits die Universität verlassen und eine Stellung, die ihm übrigens wenig Verpflichtungen auferlegte, angenommen hatte: Er »klebte«, wie er sich selbst ausdrückte, am Bau der Moskauer Erlöserkathedrale, ohne natürlich auch das geringste von Architektur zu verstehen. Es war sehr seltsam: Dieser einzige Freund Aratows, namens Kupfer, ein Deutscher, der aber so sehr verrußt war, daß er keinen Ton Deutsch verstand und sogar das Wort »Deutscher« als Schimpfwort gebrauchte – dieser Freund schien mit Aratow nicht das geringste gemein zu haben. Er war ein schwarzlockiger und rotbackiger, lustiger und redseliger Bursche und großer Liebhaber der Damengesellschaft, der Aratow so sorgsam aus dem Wege ging. Kupfer frühstückte allerdings bei ihm oft, aß bei ihm zu Mittag und ließ sich von ihm manchmal – da er selbst wenig bemittelt war – mit kleineren Summen aushelfen; das war aber noch nicht der Grund dafür, daß der lebhafte junge Deutsche so oft und so gerne in das gemütliche Häuschen in der Schabolowka-Vorstadt einkehrte. Es war wohl die seelische Reinheit, der »Idealismus« Aratows, was ihn anzog, vielleicht als Gegensatz zu den Dingen, die er täglich sah und erlebte; vielleicht äußerte sich auch in dieser Vorliebe für den ideell veranlagten jungen Mann seine deutsche Natur. Jakow aber hatte Freude an der gutmütigen Offenherzigkeit Kupfers. Außerdem interessierten den jungen Einsiedler seine Berichte von den Theatern, Konzerten, Bällen und der ganzen ihm fremden Welt, in der Kupfer heimisch war und in die Aratow sich nicht entschließen konnte einzudringen; all das regte ihn sogar auf, ohne in ihm übrigens den Wunsch zu wecken, diese Dinge aus eigener Anschauung kennenzulernen. Auch Tante Platoscha war dem Kupfer wohl gesinnt. Sie fand zwar sein Benehmen manchmal gar zu ungezwungen, fühlte aber instinktiv, daß Kupfer aufrichtig an ihrem geliebten Jascha hing und duldete daher nicht nur den geräuschvollen Gast in ihrer Wohnung, sondern war ihm auch gewogen.

Um die Zeit, von der hier die Rede ist, lebte in Moskau eine verwitwete georgische Fürstin, eine etwas fragwürdige, beinahe verdächtige Person. Sie stand in den Vierzigern und war wohl in ihrer Jugend von jener eigentümlichen orientalischen Schönheit gewesen, die so schnell verwelkt: Jetzt puderte und schminkte sie sich und färbte sich die Haare gelb. Über sie waren allerlei nicht sehr vorteilhafte, etwas unklare Gerüchte im Umlauf; ihren verstorbenen Mann hatte niemand gekannt, auch hatte sie sich in keiner Stadt längere Zeit aufgehalten. Sie hatte weder Kinder noch ein Vermögen; aber sie lebte – anscheinend auf Kredit oder sonst irgendwie – auf ziemlich großem Fuße, unterhielt einen sogenannten Salon und empfing eine recht gemischte Gesellschaft, die vorwiegend aus jungen Leuten bestand. Alles in ihrem Hause – angefangen von ihren Toiletten, Möbeln und Küche bis zur Equipage und Dienerschaft – schien irgendwie unecht, provisorisch und von zweiter Güte; doch die Fürstin und ihre Gäste stellten anscheinend keine höheren Ansprüche. Die Fürstin galt als Liebhaberin von Musik und Literatur und als Beschützerin der Künstler und Schauspieler. Für diese Dinge hatte sie ein wirkliches, an Begeisterung grenzendes und durchaus nicht erheucheltes Interesse. In ihr pulsierte zweifellos eine künstlerische Ader. Außerdem hatte sie ein freundliches, angenehmes Wesen, gab sich einfach und ungekünstelt und war – was die wenigsten merkten – auch recht gutmütig, weichherzig und nachsichtig... Das sind ja Eigenschaften, die bei Personen dieser Art selten anzutreffen sind und um so höher geschätzt werden sollten. »Das Frauenzimmer ist zwar nichts wert«, sagte von ihr einmal ein geistreicher Herr, »wird aber unbedingt ins Paradies kommen! Sie verzeiht alles, also wird auch ihr alles verziehen werden!« Man erzählte sich, daß sie in jeder Stadt, aus der sie verduftete, ebenso viele Gläubiger wie Menschen, die sie glücklich gemacht hatte, zurückließ. Ein weiches Herz läßt sich eben nach allen Seiten biegen.

Kupfer geriet, wie es zu erwarten war, bald in ihren Kreis und wurde mit ihr sehr intim... sogar zu intim, wie böse Zungen behaupteten. Er selbst sprach über sie nicht nur freundschaftlich, sondern auch mit Hochachtung. Er nannte sie ein goldenes Herz – was man dagegen auch einwenden mochte – und glaubte aufrichtig nicht nur an ihre Liebe zu den Künsten, sondern auch, daß sie viel von Kunst verstünde.

Als er eines Nachmittags bei den Aratows saß und die Rede wieder einmal auf die Fürstin und ihre Empfänge brachte, begann er Jakow zuzureden, wenigstens einmal sein Einsiedlerleben aufzugeben und ihm, Kupfer zu gestatten, ihn bei seiner Freundin einzuführen. Jakow wollte anfangs nichts davon hören.

»Was denkst du dir eigentlich?« rief Kupfer schließlich aus. »Wie stellst du dir diese Einführung vor? Ich will dich einfach, so wie du da sitzt, in dem Rock, den du jetzt anhast, nehmen und auf einen ihrer Abende bringen. Bei ihr gibt es gar keine Etikette, mein Lieber! Du bist ja Gelehrter, liebst Literatur und Musik (in Aratows Arbeitszimmer stand tatsächlich ein Pianino, auf dem er manchmal Akkorde mit verminderter Septime anzuschlagen pflegte), bei ihr im Hause findest du aber davon, soviel du willst! Du triffst bei ihr auch recht sympathische Menschen ganz ohne Prätensionen! Außerdem geht es wirklich nicht, daß ein junger Mann in deinem Alter und mit deinem Äußern (Aratow senkte die Augen und machte eine abwehrende Handbewegung), ja, mit deinem Äußern, sich dermaßen von Welt und Gesellschaft zurückzieht! Es ist ja kein General, zu dem ich dich bringen möchte! Ich verkehre auch selbst nicht mit Generälen... Sei nicht so eigensinnig, Liebster! Sittlichkeit ist natürlich eine gute und achtbare Sache, man soll aber nicht in Asketismus verfallen! Du willst doch nicht etwa Mönch werden?!«

Aratow wollte nicht nachgeben. Kupfer fand aber ganz unerwartete Hilfe bei Platonida Iwanowna. Sie wußte zwar nicht recht, was das Wort »Asketismus« bedeutete, war aber auch der Meinung, daß es Jaschenjka gar nicht schaden würde, sich zu zerstreuen und unter Menschen zu kommen. »Um so mehr«, fügte sie hinzu, »als ich Fjodor Fjodorowitsch vertraue und weiß, daß er dich an keinen schlechten Ort führen wird!«

»Ich werde ihn Ihnen in seiner ganzen Makellosigkeit wieder abliefern!« rief Kupfer aus.

Platonida Iwanowna sah ihn aber trotz ihres ganzen Vertrauens etwas argwöhnisch an. Aratow errötete bis über die Ohren, gab aber seinen Widerstand auf.

Es endete damit, daß Kupfer ihn am nächsten Abend zu der Fürstin brachte. Aratow blieb aber nicht lange da. Erstens traf er bei ihr an die zwanzig Männer und Frauen, die zwar sympathisch schienen, die er aber nicht kannte; das genierte ihn, obwohl er sich nur sehr wenig an der Unterhaltung zu beteiligen brauchte, und davor hatte er ja die allergrößte Angst. Zweitens mißfiel ihm die Hausfrau selbst, die ihn zwar sehr freundlich und einfach aufnahm. Alles mißfiel ihm an ihr: das geschminkte Gesicht, die gebrannten Locken, die heisere, süßliche Stimme, das schrille Lachen, die Manier, die Augen zu rollen, das viel zu tiefe Dekolleté und die dicken, glänzenden, mit einer Unmenge von Ringen geschmückten Finger.

Er saß in einer Ecke und ließ seine Blicke über die Gesichter der Gäste schweifen, ohne sie recht zu unterscheiden, oder starrte zu Boden. Als sich aber ein zugereister Virtuose mit bleichem Gesicht, langen Haaren und Monokel unter der gekrümmten Augenbraue vors Klavier setzte, mit aller Wucht in die Tasten schlug, den Fuß aufs Pedal drückte und eine Lisztsche Fantasie über Wagnersche Themen herunterzuhauen begann, war es Aratow doch zuviel, und er brannte durch, einen wirren und schweren Eindruck forttragend, zu dem sich auch noch eine andere, ihm unverständliche, aber bedeutsame und sogar aufregende Stimmung gesellte.

Kupfer aß bei ihm am nächsten Tag zu Mittag. Er verbreitete sich nicht über den gestrigen Vorfall und machte Aratow nicht einmal Vorwürfe wegen seiner plötzlichen Flucht. Er äußerte nur sein Bedauern, daß er das Souper nicht abgewartet hatte, bei dem es Champagner gab (Nischnij-Nowgoroder Provenienz, wie wir in Parenthesen bemerken). Kupfer hatte wohl eingesehen, daß jeder Versuch, den Freund aufzurütteln, vergebens war und daß Aratow in die Gesellschaft jener Menschen und zu deren Lebensart durchaus nicht paßte. Auch Aratow seinerseits vermied von der Fürstin und vom gestrigen Abend zu sprechen.

Platonida Iwanowna wußte nicht recht, ob sie diesen Mißerfolg mit Freude oder Bedauern aufnehmen sollte. Schließlich sagte sie sich, daß derlei Unternehmungen Jaschas Gesundheit schädigen könnten, und beruhigte sich damit.

Kupfer ging gleich nach dem Essen fort und ließ sich dann volle acht Tage nicht mehr blicken. Nicht etwa, weil er Aratow wegen des Mißerfolgs seiner Empfehlung schmollte – der gute Kerl war dessen gar nicht fähig. Er hatte aber wohl eine Beschäftigung gefunden, die alle seine Sinne und Gedanken gefangenhielt; denn er kam von nun an nur sehr selten zu den Aratows, zeigte einen zerstreuten Ausdruck, sprach wenig und blieb nur kurze Zeit.

Aratow lebte ebenso wie früher; aber irgend etwas hatte sich wohl in seiner Seele festgesetzt. Er wollte sich immer auf etwas besinnen; er wußte selbst nicht, was es war, aber dieses »Etwas« hing irgendwie mit dem Abend, den er bei der Fürstin verbracht hatte, zusammen. Dabei spürte er nicht den leisesten Wunsch, sie wieder zu besuchen, und die fremde Welt, von der er in ihrem Hause ein Endchen zu sehen bekommen hatte, stieß ihn mehr als je zurück. So vergingen an die sechs Wochen.

Eines Morgens erschien bei ihm wieder Kupfer, diesmal mit etwas verlegenem Gesicht.

»Ich weiß«, begann er mit gezwungenem Lächeln, »daß du an jenem Besuch wenig Gefallen gefunden hast; und doch hoffe ich, daß du meinen Vorschlag nicht zurückweisen, daß du mir meine Bitte erfüllen wirst!«

»Um was handelt es sich?« fragte Aratow.

»Siehst du«, begann Kupfer, immer lebhafter werdend, »es gibt hier einen Verein von Liebhabern, die ab und zu Rezitationsabende, Konzerte und selbst Theateraufführungen mit wohltätigem Zweck veranstalten.«

»Nimmt auch die Fürstin daran teil?«

»Die Fürstin nimmt an allen wohltätigen Unternehmungen teil, das macht aber nichts. Wir veranstalten einen literarisch-musikalischen Nachmittag, und bei dieser Gelegenheit kannst du ein junges Mädchen hören – ein ganz ungewöhnliches junges Mädchen! Wir wissen noch nicht recht, ob sie eine Rachel oder eine Viardot ist. Denn sie versteht ebenso gut zu singen wie zu rezitieren und zu spielen. Ein ganz erstklassiges Talent, mein Lieber! Ich übertreibe gar nicht. Nun also... willst du nicht ein Billett nehmen? In der ersten Reihe kostet es fünf Rubel.«

»Wo kommt dieses ungewöhnliche Mädchen her?« fragte Aratow.

»Das weiß ich nicht zu sagen«, erwiderte Kupfer lächelnd. »In der letzten Zeit hat sie bei der Fürstin Unterkunft gefunden. Die Fürstin protegiert ja, wie du weißt, alle solche Menschen. Du hast sie wohl auch an jenem Abend gesehen.«

Aratow fuhr zusammen – innerlich, ganz schwach –, sagte aber nichts.

»Sie hat sogar schon irgendwo in der Provinz gespielt«, fuhr Kupfer fort, »sie ist überhaupt fürs Theater geschaffen. Du wirst sie ja selbst sehen!«

»Wie heißt sie?« fragte Aratow.

»Klara.«

»Klara?« unterbrach ihn Aratow wieder: »Unmöglich!«

»Warum unmöglich? – Klara... Klara Militsch; das ist zwar nicht ihr wirklicher Name, aber alle nennen sie so. Sie wird ein Lied von Glinka singen, dann eines von Tschaikowskij und den Brief Tatjanas aus dem ›Eugen Onjegin‹ rezitieren. Nun, nimmst du ein Billett?«

»Wann findet es statt?«

»Morgen, morgen um halb zwei, in einem Privatsaal an der Ostoschenka. Ich werde dich abholen. Also ein Billett für fünf Rubel? Da ist es ... Nein, es ist eines für drei. Hier. Da hast du auch das Programm. Ich gehöre zu den Veranstaltern.«

Aratow wurde nachdenklich. Platonida Iwanowna kam in diesem Augenblick ins Zimmer und wurde unruhig, als sie sein Gesicht sah.

»Jascha«, rief sie aus, »was hast du? Warum bist du so bestürzt? Fjodor Fjodorowitsch, was haben Sie ihm gesagt?«

Aratow ließ aber seinem Freund nicht Zeit, die Frage der Tante zu beantworten, entriß ihm hastig das Billett und sagte Platonida Iwanowna, daß sie Kupfer sofort fünf Rubel geben solle.

Die Tante wunderte sich und zwinkerte mit den Augen. Sie gab aber Kupfer das Geld und sagte kein Wort. Jascha hatte sie gar zu streng angefahren.

»Ich sage dir – ein Wunder aller Wunder!« sagte Kupfer und stürzte zur Tür. »Erwarte mich morgen!«

»Hat sie schwarze Augen?« rief ihm Aratow nach.

»Wie Kohle!« antwortete Kupfer, lachte vergnügt und verschwand.

Aratow zog sich in sein Zimmer zurück, Platonida Iwanowna blieb aber ganz starr stehen und flüsterte immer vor sich hin: »Gott hilf! Hilf Gott!«

Als Aratow und Kupfer kamen, war der große Saal im Privathaus an der Ostoschenka schon zur Hälfte gefüllt. In diesem Saal fanden zuweilen Theateraufführungen statt, aber diesmal waren weder Dekorationen noch ein Vorhang zu sehen. Die Veranstalter hatten sich darauf beschränkt, an dem einen Ende des Saales ein Podium zu errichten, ein Klavier, einige Notenpulte und einen Tisch mit einer Wasserkaraffe und einem Glas hinzustellen und die Tür zu dem für die Mitwirkenden bestimmten Zimmer mit rotem Tuch zu verhängen. In der ersten Reihe saß bereits in hellgrüner Toilette die Fürstin; Aratow wechselte mit ihr kaum einen Gruß und ließ sich in einiger Entfernung von ihr nieder. Das Publikum war recht gemischt; die studierende Jugend war in der Überzahl. Kupfer, der als Veranstalter eine weiße Schleife am Fracklatz hatte, lief hin und her und tat sehr geschäftig. Die Fürstin sah sich in sichtbarer Erregung fortwährend nach allen Seiten um, lächelte und sprach die in ihrer Nähe Sitzenden an. Sie war übrigens von lauter Männern umgeben.

Als erste Nummer trat ein Flötist von schwindsüchtigem Aussehen aufs Podium und spuckte, ich wollte sagen, blies höchst gewissenhaft ein gleichfalls schwindsüchtiges Stück; zwei Zuhörer schrien »Bravo!« Dann erschien ein dicker Herr mit Brille, von solidem, sogar griesgrämigem Aussehen, und las mit Baßstimme eine Skizze von Schtschedrin. Man applaudierte, doch nur der Skizze und nicht ihm. Darauf erschien der Pianist, den Aratow schon kannte, und hämmerte die gleiche Lisztsche Fantasie herunter; der Pianist errang sogar einen Hervorruf. Er verbeugte sich, wobei er sich mit einer Hand auf die Stuhllehne stützte und nach jeder Verbeugung die Mähne schüttelte – ganz wie Liszt! Endlich, nach einer recht langen Pause, geriet das rote Tuch hinter dem Podium in Bewegung, die Tür ging weit auf, und auf dem Podium erschien Klara Militsch. Man begrüßte sie mit lebhaftem Applaus. Sie ging mit etwas unsicheren Schritten bis an den vorderen Rand des Podiums und blieb, die etwas großen, schönen unbehandschuhten Hände gekreuzt, ohne Verbeugung, ohne Kopfnicken und ohne Lächeln unbeweglich stehen.

Sie war etwa neunzehn, groß, etwas breitschultrig, doch gut gebaut. Ihr dunkles Gesicht erinnerte an eine Jüdin oder Zigeunerin; sie hatte schwarze, nicht sehr große Augen unter dichten, fast zusammengewachsenen Brauen, eine gerade, etwas aufgeworfene Nase, schöne, doch stark geschwungene Lippen, einen dicken, schwarzen, anscheinend sehr schweren Zopf, eine niedere, unbewegliche, wie aus Stein gemeißelte Stirn und winzige Ohren. Der Ausdruck war nachdenklich, beinahe streng. Alles zeugte von einer leidenschaftlichen, eigensinnigen, wohl kaum gutmütigen und klugen, aber sicher talentierten Natur.

Sie stand eine Weile mit gesenkten Lidern da, fuhr plötzlich zusammen und ließ einen durchdringenden, doch zerstreuten, gleichsam nach innen gekehrten Blick über die Reihen der Zuschauer schweifen.

»Was für tragische Augen sie hat!« bemerkte hinter Aratows Rücken ein grauhaariger Geck mit dem Gesicht einer Revaler Kokotte, ein in Moskau allen bekannter Journalist und Kundschafter. Der Geck war dumm und wollte eine Dummheit sagen, sagte aber die Wahrheit!

Aratow, der von Klara keinen Blick wenden konnte, erinnerte sich jetzt, daß er sie tatsächlich schon bei der Fürstin gesehen hatte; er hatte sie nicht bloß gesehen, sondern auch bemerkt, daß sie ihre dunklen, starren Augen einigemal mit besonderem Ausdruck auf ihn richtete. Und auch jetzt – oder kam es ihm bloß so vor –, als sie ihn in der ersten Reihe erblickte, errötete sie vor Freude und sah ihn wieder durchdringend an. Dann trat sie, ohne sich umzuwenden, einige Schritte in der Richtung zum Klavier zurück, an dem schon der langhaarige Ausländer saß. Sie sollte Glinkas Lied »Kaum hab' ich dich erkannt...« singen. Sie sang es, ohne die Haltung der Hände zu verändern und ohne in die Noten zu blicken. Sie hatte eine melodische, weiche Altstimme, sprach die Worte deutlich, mit starker Betonung aus und sang etwas eintönig, ohne Nuancierung, aber mit starkem Ausdruck.

»Das Mädel singt mit Überzeugung!« sagte der gleiche Geck hinter Aratows Rücken und hatte wieder recht.

Man rief von allen Seiten: »Bravo! Bis!« sie aber warf nur einen schnellen Blick auf Aratow, der weder schrie noch klatschte – ihr Gesang hatte ihm nicht gefallen –, machte eine leichte Verbeugung und ging, ohne den ihr vom langhaarigen Pianisten angebotenen Arm zu nehmen. Man rief sie heraus. Sie kam nach einer längeren Weile, näherte sich mit den gleichen unsicheren Schritten dem Klavier, flüsterte dem Pianisten einige Worte zu, der an Stelle der bereitgelegten Noten andere heraussuchen mußte, und begann das Tschaikowskijsche Lied: »Nur wer die Sehnsucht kennt...« Dieses Lied sang sie etwas anders als das erste: mit gedämpfter Stimme, gleichsam müde. Aber in der vorletzten Zeile: »Begreift, wie sehr ich litt« ließ sie einen heißen, gellenden Schrei erklingen. Die Schlußworte aber: »Und wie ich leide...« flüsterte sie, das letzte Wort schmerzvoll dehnend. Das Lied gefiel dem Publikum weniger als das von Glinka, aber man klatschte ebensoviel.

Kupfer zeichnete sich darin besonders aus: Er legte die Hände nach besonderem System zu einem Art Fäßchen zusammen und erzeugte ungewöhnlich laute, hallende Töne. Die Fürstin gab ihm einen großen, zerzausten Blumenstrauß, damit er ihn der Sängerin überreiche. Die schien aber Kupfers gebeugte Gestalt und seine mit dem Blumenstrauß ausgestreckte Hand gar nicht zu sehen; sie wandte sich um und ging wieder allein, ohne den Pianisten, der noch schneller als das erste Mal aufgesprungen war, um sie hinauszubegleiten. Als ihm das nicht gelang, schüttelte er seine Locken so, wie Liszt die seinigen wohl niemals schüttelte!

Solange Klara sang, beobachtete Aratow aufmerksam ihr Gesicht. Es schien ihm, daß ihre Blicke durch die gesenkten Wimpern auf ihn allein gerichtet waren; den größten Eindruck auf ihn aber machte die Unbeweglichkeit dieses Gesichts, der Stirn und Brauen. Bei ihrem letzten leidenschaftlichen Aufschrei bemerkte er, wie zwischen den halbgeöffneten Lippen eine weiße, enge Zahnreihe warm aufleuchtete. Kupfer ging auf ihn zu.

»Nun, wie findest du sie, mein Lieber?« fragte er, vor Vergnügen strahlend.

»Die Stimme ist gut«, antwortete Aratow, »sie versteht aber nicht zu singen und hat noch keine richtige Schule.« (Gott allein weiß, warum er das sagte und was er von »Schule« verstand.)

Kupfer war erstaunt. »Keine Schule!« wiederholte er gedehnt: »Nun, das kann sie ja noch lernen. Aber die Seele! Wart, du wirst ja gleich hören, wie sie den Brief Tatjanas rezitiert.«

Er lief fort und ließ Aratow stehen. Der aber dachte: Eine Seele! Bei diesem unbeweglichen Gesicht! Er fand, daß sie wie eine Magnetisierte, wie eine Somnambule stand und sich bewegte. Und dabei sah sie ihn immer an...Ja, sie sah ihn an, daran war nicht zu zweifeln.

Der »Nachmittag« nahm indessen seinen Fortgang. Der dicke Herr mit der Brille trat wieder auf; trotz seines ernsten Aussehens, bildete er sich ein, Komiker zu sein, und las eine Szene von Gogol. Diesmal erntete er aber nicht die geringste Anerkennung. Der Flötist huschte noch einmal vorbei; der Pianist ließ wieder das Klavier erdröhnen; ein zwölfjähriger Junge, mit pomadisiertem und gebranntem Haar, doch Spuren von Tränen auf den Wangen, geigte irgendwelche Variationen. Es fiel auf, daß man in den Pausen aus dem Künstlerzimmer die Töne eines Waldhorns hörte, während dieses Instrument im Laufe der Veranstaltung kein einziges Mal auf dem Podium erschien. Wie es sich später herausstellte, hatte der Liebhaber, der Waldhorn spielen sollte, im letzten Augenblick vor dem öffentlichen Auftreten Angst bekommen.

Endlich erschien wieder Klara Militsch. Sie hielt ein Bändchen Puschkin in der Hand, in das sie aber während des Vortrags kein einziges Mal hineinblickte. Sie war offenbar etwas befangen; das kleine Buch zitterte leise in ihren Fingern. Aratow merkte auch einen Ausdruck von Trauer, der jetzt auf ihren strengen Zügen lag. Den ersten Vers: »Ich schreibe Ihnen... und was weiter?« sprach sie außerordentlich einfach, fast naiv, beide Arme mit aufrichtig naiver, hilfloser Gebärde vor sich ausstreckend. Dann schlug sie ein etwas zu schnelles Tempo ein. Aber bei den Versen: »Ein and'rer? Nein! Mein Herz soll niemand haben...« beherrschte sie sich schon wieder und als sie zu der Stelle kam: »Mein ganzes Leben war Verheißung, daß ich dich treffe...«, erklang ihre bis dahin etwas dumpfe Stimme begeistert und kühn, während sie ihre Augen ebenso kühn und gerade auf Aratow richtete. Mit dieser Begeisterung fuhr sie fort, und nur ganz am Schluß klang ihre Stimme wieder gedämpft und drückte, ebenso wie ihr Gesicht, die frühere Trauer aus. Die letzten vier Zeilen leierte sie schnell herunter, das Bändchen Puschkin entglitt ihrer Hand, und sie verließ rasch das Podium.

Das Publikum raste. Das Klatschen und Hervorrufen wollte kein Ende nehmen. Ein Seminarist kleinrussischer Abstammung brüllte so laut »Mylytsch! Mylytsch!«, daß ihn ein neben ihm sitzender Herr höflich und teilnahmsvoll ersuchte, »den künftigen Protodiakon in sich zu schonen«. Aratow aber erhob sich sofort von seinem Platz und eilte dem Ausgang zu. Kupfer holte ihn ein.

»Was fällt dir ein? Wo willst du hin?« schrie er ihn an. »Willst du nicht, daß ich dich der Klara vorstelle?«

»Nein, danke«, erwiderte Aratow eilig und lief nach Hause.

V

Seltsame, ihm selbst noch unklare Empfindungen brachten seine ganze Seele in Aufruhr. Klaras Rezitation hatte ihm eigentlich ebenso wenig gefallen wie ihr Gesang; obwohl er sich keine Rechenschaft darüber geben konnte, warum. Die Rezitation hatte ihn irgendwie beunruhigt; sie erschien ihm allzu scharf und unharmonisch. Sie störte irgendein Gleichgewicht in ihm und kam ihm wie eine Vergewaltigung vor. Und dann diese unverwandten, hartnäckigen, beinahe zudringlichen Blicke – wozu diese Blicke? Was hatten sie zu bedeuten? Die angeborene Bescheidenheit ließ in Aratow auch nicht den leisesten Gedanken aufkommen, daß er diesem seltsamen jungen Mädchen gefallen und ein Gefühl eingeflößt haben könne, das der Liebe, der Leidenschaft gliche. Er stellte sich jenes noch unbekannte weibliche Wesen, jenes Mädchen, dem er dereinst seine Seele hingeben, das ihn lieben und seine Braut, seine Gattin werden würde, ganz anders vor... Er gab sich aber nur sehr selten solchen Träumen hin: Er war an Leib und Seele keusch, und das keusche Bild, das in seiner Phantasie manchmal auftauchte, war von einem andern Bild – vom Bilde seiner Mutter gezeugt, an die er sich kaum erinnern konnte, deren Bildnis er aber wie ein Heiligtum bewahrte. Es war ein Aquarellbild, das eine Freundin der Verstorbenen ohne besondere Kunst gemalt hatte, das ihr aber, wie alle behaupteten, erstaunlich ähnlich war. Das gleiche zarte Profil, die gleichen gütigen, hellen Augen, die gleichen seidenweichen Haare, das gleiche Lächeln und den gleichen heiteren Ausdruck mußte auch jene Frau oder jenes Mädchen haben, an die er noch nicht einmal zu denken wagte.

Aber diese Schwarze, mit der dunklen Hautfarbe und den struppigen Haaren, mit dem Anflug von Schnurrbart ist sicher verdreht und nicht gut... Eine »Zigeunerin« – Aratow konnte keine verächtlichere Bezeichnung erfinden –, was soll er mit ihr?

Aratow hatte aber nicht die Kraft, die schwarze Zigeunerin, deren Gesang und Deklamation und selbst deren Äußeres ihm gar nicht gefielen, aus seinem Hirn zu verdrängen. Er war ganz durcheinander und machte sich selbst Vorwürfe. Kurz vorher hatte er den Walter-Scott-Roman »Die Wasser von St. Ronan« gelesen (die vollständige Ausgabe der Werke Walter Scotts befand sich in der Bibliothek seines Vaters, der in diesem englischen Dichter einen ernsten, beinahe wissenschaftlichen Schriftsteller achtete). Die Heldin dieses Romans hieß Klara Mowbray. Ein russischer Dichter der vierziger Jahre, Krassow, hatte ihr ein Gedicht gewidmet, das mit den Worten endete:

Unselige Klara! Wahnsinnige Klara!
Unselige Klara Mowbray!

Aratow kannte auch dieses Gedicht. Und nun kamen ihm diese Worte immer wieder in den Sinn: »Unselige Klara, wahnsinnige Klara!...« – Darum war er auch so erstaunt, als Kupfer ihm sagte, das junge Mädchen heiße mit dem Vornamen Klara.

Selbst Platoscha fiel an ihm etwas auf: nicht etwa eine Veränderung in Jakows Stimmung – es war ja in ihm gar keine Veränderung eingetreten, aber etwas Seltsames in seinen Blicken und Reden. Sie erkundigte sich vorsichtig nach dem literarischen Nachmittag, den er besucht hatte, flüsterte, seufzte, sah ihn aufmerksam von vorne, von der Seite und von rückwärts an, schlug sich plötzlich mit den Händen auf die Schenkel und rief aus: »Jascha, jetzt weiß ich, was es ist!«

»Was ist denn los?« fragte Aratow.

»Du bist dort sicher auf eine von den Schweifschlepperinnen gestoßen« – so pflegte Platonida Iwanowna alle Damen in modernen Toiletten zu nennen. »Sie hat wohl eine hübsche Fratze, dreht sich hin und dreht sich her, schneidet Gesichter« – Platoscha stellte das alles mimisch dar – »läßt die Blicke schweifen« – sie zeigte auch das, indem sie mit dem Zeigefinger einige große Kreise in der Luft beschrieb. »Und du hast dir vor lauter Ungewohnheit irgend etwas eingebildet... Es macht aber nichts, Jascha, es macht gar nichts! Trink vor dem Schlafengehen eine Tasse Tee, und fertig! Hilf Gott!«

Platoscha verstummte und zog sich zurück. Es war wohl die erste längere, lebhafte Rede, die sie in ihrem Leben gehalten hatte.

Aratow aber sagte sich: Die Tante hat wohl recht. Das kommt alles von der Ungewohntheit…Er hatte ja tatsächlich zum ersten Mal im Leben die Aufmerksamkeit eines weiblichen Wesens erregt; er hatte wenigstens bisher nichts dergleichen gemerkt. – Man darf sich nicht so gehenlassen!

Und er vertiefte sich in seine Bücher, trank abends eine Tasse Lindenblütentee und schlief die Nacht sogar sehr gut und ohne Träume. Am nächsten Morgen machte er sich wieder, als ob nichts geschehen wäre, an die Photographie.

Abends aber wurde seine Seelenruhe wieder getrübt.

VI

Abends brachte ihm ein Dienstmann einen Zettel, in dem in unregelmäßigen, großen, weiblichen Schriftzügen folgendes stand: »Wenn Sie erraten können, wer das schreibt, und wenn es Sie nicht langweilt, so kommen Sie morgen nachmittag auf den Twerskoi-Boulevard – gegen fünf Uhr – und warten Sie dort. Man wird Sie nicht lange aufhalten. Es ist aber sehr wichtig. Kommen Sie.«

Eine Unterschrift fehlte.

Aratow erriet sofort, von wem der Zettel war, und das empörte ihn. »Was für Unsinn!« sagte er sich beinahe laut. »Das fehlte mir noch gerade. Natürlich gehe ich nicht hin.«

Er ließ dennoch den Dienstmann zurückrufen, erfuhr aber von ihm nur, daß ihm der Brief auf der Straße von einem Dienstmädchen übergeben worden war. Aratow entließ den Dienstmann, las den Brief noch einmal durch und warf ihn auf den Boden... Etwas später hob er ihn wieder auf, las ihn noch einmal durch, sagte wieder: »Unsinn!«, warf ihn aber diesmal nicht auf den Boden, sondern steckte ihn in eine Schublade. Er versuchte, an seine gewohnten Arbeiten zu gehen, bald an die eine, bald an die andere, es wollte ihm aber diesmal nichts gelingen. Plötzlich merkte er, daß er eigentlich auf Kupfer wartete! Er wollte ihn wohl ausfragen, oder es ihm vielleicht sogar mitteilen – Kupfer kam aber nicht. Aratow nahm seinen Puschkin vor, las den Brief Tatjanas durch und überzeugte sich von neuem, daß die »Zigeunerin« den tieferen Sinn des Briefes gar nicht verstanden hatte. Und dieser dumme Kupfer spricht von einer Viardot und Rachel! Er trat vor sein Pianino, hob fast unbewußt den Deckel und versuchte die Melodie des Tschaikowskijschen Liedes aus dem Gedächtnis zu reproduzieren. Er klappte aber den Deckel geärgert gleich wieder zu und ging zur Tante. In ihrem überheizten Zimmer roch es ewig nach Minze, Salbei und andern Heilkräutern und standen und lagen so viele kleine Teppiche, Etageren, Fußbänkchen, Kissen und weiche Möbel herum, daß ein Fremder sich darin kaum rühren und fast nicht atmen konnte. Platonida Iwanowna saß mit ihrem Strickzeug am Fenster – sie strickte für Jaschenjka ein warmes Halstuch, und zwar das achtunddreißigste in seinem Leben – und war über sein Erscheinen sehr erstaunt. Aratow besuchte sie äußerst selten; wenn er von ihr etwas wollte, rief er sonst immer mit seiner hohen Stimme aus dem Arbeitszimmer: »Tante Platoscha!« – Sie forderte ihn aber zum Sitzen auf, richtete ein Auge durch die Brille auf ihn, das andere über die Brille und war, in Erwartung seiner Worte, ganz Ohr. Sie erkundigte sich nicht nach seinem Befinden und bot ihm auch keinen Tee an, denn sie sah, daß er nicht deswegen zu ihr gekommen war.

Aratow rückte zuerst verlegen hin und her und begann dann von seiner Mutter zu sprechen: wie sie mit seinem Vater gelebt und wie der Vater sie kennengelernt habe. Er wußte das alles sehr genau, wollte aber unbedingt darüber sprechen. Zu seinem Unglück hatte Tante Platoscha gar kein Konversationstalent und beantwortete seine Fragen sehr kurz, als hätte sie ihn im Verdacht, daß er gar nicht deswegen zu ihr gekommen sei.

»Gewiß«, wiederholte sie immer wieder, die Stricknadeln sehr schnell, vielleicht mit einer gewissen Gereiztheit bewegend. »Gewiß, deine Mutter war eine Taube, eine sanfte Taube. Und dein Vater liebte sie, wie ein Mann seine Frau lieben muß: ehrlich und treu bis in den Tod. Er hat auch keine andere Frau geliebt«, fügte sie hinzu, wobei sie die Stimme hob und die Brille von der Nase nahm.

»War sie von Natur schüchtern?« fragte Aratow nach einer Pause.

»Gewiß, sehr schüchtern. Wie es eben dem weiblichen Geschlecht geziemt. Dreiste Frauenzimmer sind ja erst in der letzten Zeit aufgekommen.«

»Hat es denn zu Ihren Zeiten keine dreisten gegeben?«

»Es gab auch in unserer Zeit welche – wann hat es solche nicht gegeben?! Aber wer waren sie? Irgendwelche schamlose Herumtreiberinnen, die mit gerafften Röcken wie besessen durch die Straßen rannten... Was riskierten sie auch? Wenn sie auf einen Dummen stießen, so hatten sie eben Glück. Anständige Menschen wollten aber von ihnen nichts wissen. Kannst du dich denn erinnern, bei uns im Hause so ein Frauenzimmer gesehen zu haben?«

Aratow antwortete nichts und ging wieder in sein Arbeitszimmer. Platonida Iwanowna blickte ihm nach, schüttelte den Kopf, setzte sich die Brille auf und machte sich wieder an das Halstuch. Jetzt war sie aber nicht mehr ganz bei der Sache und ließ die Stricknadeln mehr als einmal auf den Schoß fallen.

Aratow aber dachte den ganzen Tag bis zum späten Abend immer wieder mit dem gleichen Ärger, mit der gleichen Erbosung an den Zettel, an die Zigeunerin und an das Stelldichein, zu dem er natürlich nicht gehen würde. Die Zigeunerin hielt auch nachts alle seine Sinne gefangen. Er sah immer ihre bald zusammengekniffenen, bald weitgeöffneten Augen mit dem durchdringenden, gerade auf ihn gerichteten Blick und ihre unbeweglichen Züge mit dem zwingenden Ausdruck.

Am nächsten Morgen wartete er wieder, er wußte selbst nicht warum, auf Kupfer; beinahe hätte er ihm sogar einen Brief geschrieben. Im übrigen tat er nichts und ging in seinem Arbeitszimmer auf und ab. Er ließ den Gedanken gar nicht in sich aufkommen, daß er zu dem dummen Rendezvous gehen würde. Aber um halb vier, nach dem Mittagessen, das er in aller Eile hinuntergestürzt hatte, zog er plötzlich den Mantel an, stülpte sich die Mütze auf, verließ, ohne der Tante auch nur ein Wort zu sagen, das Haus und begab sich auf den Twerskoi-Boulevard.

Aratow traf auf dem Boulevard nur sehr wenige Passanten. Die Witterung war feucht und recht kalt. Er gab sich Mühe, an sein Beginnen gar nicht zu denken, und alle Dinge, auf die er stieß, aufmerksam zu betrachten. Er hatte sich beinahe eingeredet, daß er ganz einfach, ebenso wie alle Leute, denen er begegnete, spazierengehe. Der gestrige Brief lag in seiner Brusttasche, und er fühlte ihn fortwährend daliegen. Er ging zweimal durch den Boulevard, betrachtete aufmerksam jedes weibliche Wesen, dem er begegnete, und hatte furchtbares Herzklopfen. Er spürte Müdigkeit und setzte sich auf eine Bank. Plötzlich kam ihm der Gedanke: Vielleicht ist der Brief gar nicht von ihr, sondern von irgendeiner andern Frau? Eigentlich hätte es ihm auch ganz gleich sein sollen – und doch mußte er sich gestehen, daß es ihm nicht gleichgültig war. Das wäre ja schon gar zu dumm! sagte er sich. Noch dümmer als das andere!

Eine nervöse Unruhe bemächtigte sich seiner; es fröstelte ihn, doch von innen und nicht von außen. Er holte einige Male die Uhr aus der Westentasche, steckte sie dann wieder ein und vergaß jedesmal, wieviel Minuten bis fünf Uhr noch blieben. Es schien ihm, daß alle Vorübergehenden ihn mit spöttischem Erstaunen und Neugierde betrachteten. Irgendein gemeiner Köter lief auf ihn zu, schnüffelte an seinen Beinen und wedelte mit dem Schwanz. Er drohte ihm mit dem Stock. Am meisten ärgerte er sich über einen Lehrjungen in langem Zwillichrock, der auf einer Bank gegenübersaß und ihn, bald pfeifend, bald sich juckend und mit den in großen zerrissenen Stiefeln steckenden Beinen baumelnd, fortwährend ansah.

Der Meister wartet wohl auf ihn, dachte sich Aratow, der Faulenzer sitzt aber da und tut nichts…

Im selben Augenblick fühlte er aber, wie sich ihm jemand näherte und hinter ihm stehenblieb. Es wehte ihn mit seltsamer Wärme an…

Er sah sich um: Es war sie!

Er erkannte sie sofort, obwohl ihr Gesicht von einem dichten dunkelblauen Schleier verdeckt war. Er sprang auf und blieb stehen, außerstande auch nur ein Wort zu sagen. Auch sie schwieg. Er fühlte sich sehr verlegen, aber auch sie schien es zu sein. Aratow sah sogar durch den Schleier, wie leichenblaß sie plötzlich wurde. Aber sie fing als erste zu sprechen an.

»Ich danke Ihnen«, begann sie mit gebrochener Stimme, »ich danke, daß Sie gekommen sind. Ich hoffte gar nicht…« Sie wandte den Kopf etwas zur Seite und ging weiter. Aratow folgte ihr.

»Sie verurteilen mich vielleicht«, fuhr sie fort, ohne das Gesicht zu ihm zu wenden. »Mein Entschluß ist in der Tat sehr seltsam. Ich habe aber so viel über Sie gehört… Doch nein, das ist nicht der Grund. Wenn Sie wüßten… Ich wollte Ihnen so vieles sagen, mein Gott! Aber wie soll ich es tun, wie soll ich es tun?«

Aratow ging, ein wenig zurückbleibend, an ihrer Seite. Er konnte ihr Gesicht nicht sehen, er sah nur den Hut und einen Teil des Schleiers – und den schwarzen, langen, ziemlich abgetragenen Umhang. Der ganze Ärger über sie und sich selbst war plötzlich wiedergekehrt; er fühlte auf einmal, wie lächerlich und sinnlos dieses Stelldichein, diese Aussprache zwischen zwei wildfremden Menschen in einer öffentlichen Anlage war.

»Ich kam auf Ihre Einladung«, fing er nun an, »ich kam, gnädiges Fräulein (ihre Schultern erzitterten leise, sie bog in einen Seitenweg ab, und er folgte ihr), nur um festzustellen – um das seltsame Mißverständnis aufzuklären, das Sie veranlaßte, sich an mich, einen Ihnen völlig fremden Menschen, zu wenden, der nur aus dem Grunde, wie Sie sich selbst ausdrückten, erraten hat, daß Sie die Briefschreiberin sind, weil es Ihnen beliebte, während jenes literarischen Nachmittags ihm eine allzu… allzu auffällige Aufmerksamkeit zuzuwenden!«

Aratow hielt diese kurze Rede mit jener gespannten doch festen Stimme, mit der sehr junge Menschen im Examen eine Frage zu beantworten pflegen, auf die sie sich besonders gut vorbereitet haben. Er zürnte. Dieser Zorn hatte ihm auch seine sonst wenig gelenkige Zunge gelöst.

Sie ging mit etwas verlangsamten Schritten immer weiter. Aratow folgte ihr und sah noch immer nur den alten Umhang und den ebenfalls nicht sehr neuen Hut. Seine Selbstachtung

litt unter dem Gedanken, daß sie sich jetzt sagen müßte: Ich brauchte ihm nur zu winken, und
er kam sofort gelaufen!

Aratow schwieg. Er wartete noch immer auf ihre Antwort, aber sie sagte nichts. »Ich bin
bereit, Sie anzuhören«,begann er von neuem, »und es wird mich sogar sehr freuen, wenn ich
Ihnen irgendwie nützlich sein kann; obwohl ich wiederum staunen muß – bei meiner zurück-
gezogenen Lebensweise…«

Bei seinen letzten Worten wandte sich Klara plötzlich nach ihm um, und er sah ein so er-
schrockenes, so tief trauriges Gesicht mit so hellen großen Tränentropfen in den Augen und ei-
nem so schmerzvollen Ausdruck um die halbgeöffneten Lippen – und dieses Gesicht war schön –
, daß er plötzlich stockte und sogar etwas wie Angst, zugleich aber auch Mitleid und Rührung
spürte.

»Ach, warum – warum sprechen Sie so…«, sagte sie, und ihre Stimme klang ungemein rüh-
rend. »Habe ich Sie denn damit, daß ich mich an Sie wandte, beleidigen können? Haben Sie
mich gar nicht verstanden? Ach ja! Sie haben nichts davon verstanden, was ich Ihnen sagte!
Sie haben sich, Gott weiß, was von mir gedacht und sich nicht einmal gefragt, welche Mühe
es mich kostete, Ihnen zu schreiben. Sie waren nur um sich selbst, um Ihre Würde und Ihre
Ruhe besorgt! Habe ich denn… (Sie drückte ihre Hände, die sie vor dem Munde hielt, so fest
zusammen, daß Aratow die Finger knacken hörte.) Als ob ich von Ihnen etwas verlangte, als
ob irgendwelche Aufklärungen nötig wären: ›Gnädiges Fräulein‹, ›ich muß staunen‹, ›nützlich
sein‹… Ach, ich Wahnsinnige! Ich ließ mich von Ihnen, von Ihrem Gesicht täuschen. Als ich
Sie zum ersten Male sah… Ja, so stehen Sie da – und kein einziges Wort! Werde ich denn kein
einziges Wort zu hören bekommen?«

Sie flehte. Ihr Gesicht wurde rot und bekam einen bösen und herausfordernden Ausdruck.
»Mein Gott, wie dumm!« rief sie, schrill auflachend, aus. »Wie dumm ist doch dieses Stelldich-
ein! Wie dumm bin ich! Und auch Sie… Pfui!«

Sie winkte verächtlich mit der Hand, als ob sie ihn zur Seite schieben wollte, lief an ihm
vorbei, verließ schnell den Boulevard und verschwand.

Diese Handbewegung, das beleidigende Lachen und ihr letzter Ausruf versetzten Aratow so-
fort in seine frühere Stimmung und erstickten in ihm das Gefühl, das sich in seiner Seele geregt
hatte, als sie sich mit Tränen in den Augen an ihn wandte. Er wurde wieder böse und war bereit,
dem Mädchen nachzurufen: Sie haben wohl das Zeug zu einer guten Schauspielerin, warum
müssen Sie aber unbedingt vor mir Komödie spielen?

Mit großen Schritten eilte er nach Hause. Obwohl er unterwegs noch immer böse und em-
pört war, drang doch durch alle die bösen und gehässigen Gefühle, ohne daß er es wollte, die
Erinnerung an jenes wunderbare Gesicht, das er nur einen Augenblick lang gesehen hatte. Er
fragte sich sogar: Warum antwortete ich ihr nicht, als sie mich um ein einziges Wort bat? – Ich
hatte nicht Zeit… sagte er sich. Sie ließ mich gar nicht zu Worte kommen… Und was für ein
Wort hätte ich ihr auch sagen können? – Er schüttelte aber gleich wieder den Kopf und sagte
mißbilligend: »Komödiantin!«

Und dennoch: Dem anfangs verletzten Ehrgeiz des unerfahrenen, nervösen Jünglings schmei-
chelte es irgendwie, daß er eine solche Leidenschaft hatte wecken können.

In diesem Augenblick aber, fuhr er in seinen Gedanken fort, ist natürlich alles zu Ende. Ich
bin ihr offenbar lächerlich vorgekommen…

Dieser Gedanke war ihm unangenehm, und er wurde wieder böse – über sich selbst und über
sie. Nach Hause zurückgekehrt, schloß er sich in seinem Arbeitszimmer ein: Er wollte Platoscha
jetzt nicht sehen.

Die gute Alte kam zweimal vor seine Tür, drückte das Ohr ans Schlüsselloch, seufzte und
flüsterte ihr Gebet. Es hat angefangen! dachte sie. Er ist aber kaum fünfundzwanzig… Viel zu
früh, viel zu früh!

VIII

Aratow war den ganzen folgenden Tag mißgestimmt.

»Was hast du, Jascha?« fragte ihn Platonida Iwanowna: »Du kommst mir heute so zerzaust vor!«

Dieser eigentümliche Ausdruck der Alten kennzeichnete ziemlich richtig den Seelenzustand Aratows. Er konnte nicht arbeiten und wußte selbst nicht, was er eigentlich wollte. Bald wartete er wieder auf Kupfer (er war überzeugt, daß Klara seine Adresse von Kupfer bekommen hatte; von wem sonst hätte sie auch »so viel über ihn hören« können?); bald fragte er sich erstaunt, ob seine Bekanntschaft mit ihr schon zu Ende sei; bald bildete er sich ein, daß sie ihm wieder schreiben würde; bald fragte er sich, ob er ihr nicht schreiben und alles erklären sollte: Er wollte ja immerhin keinen schlechten Eindruck zurücklassen ... Was sollte er ihr aber erklären? – Bald weckte er in sich eine Abscheu vor ihr und ihrer frechen Zudringlichkeit; bald sah er wieder jenes unsagbar rührende Gesicht vor sich und hörte ihre überzeugende, bezaubernde Stimme; bald rief er in sich die Erinnerung an ihren Gesang und ihre Rezitation wach und zweifelte, ob sein ablehnendes Urteil auch gerecht war. Mit einem Worte: Er war zerzaust! Endlich hatte er genug davon und beschloß, sich, wie man sagt, in die Hand zu nehmen und diese ganze Geschichte zu vergessen, da sie ihm bei seinen Arbeiten zweifellos hinderlich war und seine Ruhe störte. Es fiel ihm aber gar nicht so leicht, diesen Entschluß durchzuführen. Es dauerte länger als eine Woche, ehe er wieder ins gewohnte Geleis kam. Kupfer ließ sich glücklicherweise nicht blicken: er schien aus Moskau verschwunden zu sein. Kurz vor dieser Geschichte hatte Aratow angefangen, sich mit Malerei, die er bei seinen photographischen Arbeiten brauchte, zu beschäftigen; nun widmete er sich ihr mit doppeltem Eifer.

So vergingen unbemerkt – wenn auch mit »Rückfällen«, die zum Beispiel darin bestanden, daß er einmal beinahe einen Besuch bei der Fürstin abstattete – zwei und drei Monate, und Aratow war wieder der alte. Aber tief unter der Oberfläche des Lebens regte sich etwas Dunkles und Schweres, das ihn auf allen Wegen begleitete. So schwimmt ein großer, eben am Angelhaken hängengebliebener, aber noch nicht aus dem Wasser gezogener Fisch am tiefen Grunde des Flusses unter dem Kahn, in dem der Fischer mit der festen Angelschnur in der Hand sitzt.

Eines Tages aber stieß Aratow beim Lesen einer nicht mehr neuen Nummer der »Moskauer Nachrichten« auf folgende Notiz: »Mit tiefstem Bedauern«, schrieb irgendein Mitarbeiter aus Kasan, »tragen wir in unserer Theaterchronik die Nachricht vom plötzlichen Hinscheiden unserer begabten Schauspielerin Klara Militsch ein, die während ihres kurzen Engagements zum Liebling unseres recht wählerischen Publikums geworden ist. Unsere Trauer ist um so größer, als Fräulein Militsch ihrem jungen, so vielversprechenden Leben mit Gift ein freiwilliges Ende gemacht hat. Der Fall ist um so schrecklicher, als die Künstlerin das Gift im Theater selbst eingenommen hat. Kaum hatte man sie in ihre Wohnung gebracht, als sie zum allgemeinen Bedauern den Geist aufgab. Es wird behauptet, daß es eine unerwiderte Liebe war, die sie in den Tod getrieben hat.«

Aratow legte die Zeitungsnummer ganz langsam wieder auf den Tisch. Äußerlich schien er ruhig, aber etwas hatte ihm plötzlich einen Stoß vor die Brust und vor den Kopf versetzt und sich dann langsam durch alle seine Glieder verbreitet. Er stand auf, blieb eine Weile auf einem Fleck stehen, setzte sich wieder hin und las die Zeitungsnotiz noch einmal. Dann stand er wieder auf, legte sich aufs Bett, verschränkte die Hände im Nacken und starrte, wie benebelt, lange auf die Wand. Die Wand floß allmählich auseinander und verschwand – und er sah den Boulevard unter dem grauen Himmel und sie im schwarzen Umhang – dann sah er sie auf dem Podium und sich selbst an ihrer Seite. Das, was ihn im ersten Augenblick so stark vor die Brust gestoßen hatte, stieg jetzt allmählich zur Kehle hinauf. Er wollte husten, er wollte jemand rufen, aber seine Stimme versagte, und aus seinen Augen flossen zu seinem eigenen Erstaunen unaufhaltsam die Tränen –; Was hatte diese Tränen hervorgerufen? Mitleid? Reue? Oder hatten seine Nerven der plötzlichen Erschütterung einfach nicht standhalten können? Sie hatte ihm doch nichts bedeutet. Oder doch?

Vielleicht ist das Ganze gar nicht wahr? ging es ihm plötzlich durch den Sinn. Ich muß mich erkundigen. Doch bei wem? Bei der Fürstin? Nein, bei Kupfer –; bei Kupfer? Es heißt ja, daß er gar nicht in Moskau ist? Es ist ganz gleich! Zuerst muß ich zu ihm!

Mit diesen Gedanken beschäftigt, zog sich Aratow schnell an, nahm eine Droschke und fuhr zu Kupfer.

Er hoffte gar nicht, ihn zu treffen, traf ihn aber doch. Kupfer war tatsächlich einige Zeit verreist gewesen, aber schon seit acht Tagen zurückgekehrt und hatte sogar die Absicht gehabt, Aratow aufzusuchen. Er empfing ihn wie immer freundlich und begann ihm etwas zu erklären. Aratow unterbrach ihn aber ungeduldig mit der Frage: »Hast du es gelesen? Ist es wahr?«

»Was ist wahr?« fragte Kupfer verdutzt.

»Das von Klara Militsch?«

Kupfers Gesicht drückte Bedauern aus. »Ja, mein Lieber, es ist wahr: Sie hat sich vergiftet! Wie schrecklich!«

»Hast du es auch in der Zeitung gelesen?« fragte Aratow nach einer Pause. »Oder warst du vielleicht selbst in Kasan?«

»Ich war in Kasan. Die Fürstin und ich hatten sie hingebracht. Sie ging dort zur Bühne und hatte großen Erfolg. Ich war aber noch vor der Katastrophe abgereist –; Ich war in Jaroslawl.«

»In Jaroslawl?«

»Ja. Ich hatte die Fürstin dorthin begleitet. Sie hat sich jetzt in Jaroslawl niedergelassen.«

»Du hast aber doch zuverlässige Nachrichten?«

»Die zuverlässigsten, aus erster Hand! Ich habe ja in Kasan ihre Familie kennengelernt. Aber mir scheint, mein Lieber, daß dich diese Nachricht sehr aufgeregt hat? Und doch glaube ich, Klara hätte dir damals gar nicht gefallen –; Mit Unrecht! Sie war ein herrliches Mädchen, aber eigensinnig! Ein Tollkopf! Ihr Tod hat mir großen Schmerz bereitet!«

Aratow sagte kein Wort und ließ sich in einen Stuhl sinken. Etwas später bat er Kupfer, ihm zu erzählen.

»Was denn?« fragte Kupfer.

»Ja, alles –;« antwortete Aratow unsicher. »Zum Beispiel von ihrer Familie –; und vom übrigen. Alles, was du weißt!«

»Interessiert es dich denn? Gerne!«

Und Kupfer, dem man den Schmerz um Klara gar nicht ansehen konnte, begann zu erzählen.

Aratow erfuhr von ihm, daß Klara Militsch mit ihrem richtigen Namen Katerina Milowidow hieß; daß ihr verstorbener Vater etatsmäßiger Zeichenlehrer zu Kasan gewesen war, schlechte Porträts und Bilder gemalt und im Rufe eines Trunkenbolds und Haustyrannen gestanden hatte; dabei sei er ein gebildeter Mensch gewesen! (Kupfer lächelte selbstzufrieden über das von ihm eben erfundene Wortspiel.) Daß dieser Vater eine Witwe und eine Tochter hinterlassen hatte: Die erstere sei vom Kaufmannsstand, ein furchtbar dummes Frauenzimmer, wie einer Komödie Ostrowskijs entnommen, die Tochter aber, viel älter als Klara und ihr nicht im geringsten ähnlich, ein sehr kluges, doch etwas gar zu ekstatisches, krankes, wunderbares und außerordentlich gebildetes Mädchen. Daß die beiden – die Witwe und die Tochter – in recht anständigen Verhältnissen in einem hübschen Häuschen, das aus dem Erlös für jene schlechten Bilder gekauft worden ist, leben; daß Klara oder Katja (nenne sie, wie du willst) schon als Kind erstaunliche Begabung gezeigt, sich aber durch einen ungestümen, launischen Charakter ausgezeichnet und sich ewig mit dem Vater herumgeschlagen habe; da sie eine angeborene Begabung fürs Theater gehabt habe, sei sie in ihrem sechzehnten Lebensjahr mit einer Schauspielerin aus dem Elternhause durchgebrannt.

»Mit einem Schauspieler?« unterbrach ihn Aratow.

»Nein, nicht mit einem Schauspieler, sondern mit einer Schauspielerin, an der sie sehr hing –; Diese Schauspielerin wurde von einem reichen, sehr alten Herrn protegiert, der sie nur aus dem Grunde nicht heiratete, weil er schon anderweitig verheiratet war. Ich glaube übrigens, daß auch die Schauspielerin einen Mann hatte.«

Kupfer teilte Aratow ferner mit, daß Klara schon vor ihrem Auftreten in Moskau auf verschiedenen Provinzbühnen gespielt und gesungen hatte; daß sie, nachdem sie ihre Freundin, die Schauspielerin, verloren (ihr Mäzen war entweder gestorben oder hatte sich mit seiner Frau versöhnt – Kupfer wußte es nicht mehr genau), mit der Fürstin, dieser Frau mit dem goldenen

Herzen, bekannt geworden war, »die du, mein Freund Jakow Andrejitsch, nicht nach Gebühr zu schätzen wußtest«; daß sie schließlich ein ihr angebotenes Engagement nach Kasan angenommen, obwohl sie vorher behauptet hatte, Moskau niemals verlassen zu wollen.

»Wie die Kasaner sie liebgewonnen haben, ist einfach nicht zu sagen! Bei jeder Vorstellung Blumen und Geschenke! Blumen und Geschenke! Ein Getreidehändler, der reichste Mann im Gouvernement, hat ihr sogar einmal ein goldenes Tintenfaß überreicht!« – Kupfer erzählte das alles sehr lebhaft, ohne übrigens besondere Empfindsamkeit zu zeigen und seine Rede immer mit Fragen wie: »Warum interessiert dich das?« »Was brauchst du das zu wissen?« unterbrechend, während Aratow ihm mit verzehrender Spannung zuhörte und immer mehr Einzelheiten forderte. Als Kupfer endlich alles, was er wußte, berichtet hatte, verstummte er und belohnte sich für seine Mühe mit einer Zigarre.

»Und warum hat sie sich vergiftet?« fragte Aratow. »In der Zeitung hieß es –;«

Kupfer warf beide Arme empor. »Ja, das kann ich wirklich nicht sagen. Ich weiß es nicht. Was in der Zeitung steht, ist Unsinn. Klaras Lebenswandel war tadellos –; sie hatte gar keine Liebesaffären –; Wie käme sie auch dazu mit ihrem Stolz?! Stolz war sie wie der Satan und unzugänglich! Ein Tollkopf! Hart wie Stein! Du kannst es mir glauben: Ich kannte sie doch gewiß gut, habe aber niemals Tränen in ihren Augen gesehen!«

Ich habe aber welche gesehen, dachte Aratow.

»Aber in der letzten Zeit«, fuhr Kupfer fort, »hatte ich an ihr eine große Veränderung wahrgenommen: Sie war auf einmal so trübsinnig und schweigsam geworden, stundenlang konnte man von ihr kein Wort zu hören bekommen. Wie oft habe ich sie gefragt: ›Hat Sie vielleicht jemand beleidigt, Katerina Ssemjonowna?‹ Ich kannte ja ihren Charakter: Sie konnte keine Beleidigung ertragen! Sie schweigt aber, und es ist aus ihr nichts herauszubekommen. Selbst die Erfolge auf der Bühne machten ihr keine Freude mehr; die Blumen regnen auf sie nur so nieder, und sie lächelt nicht einmal! Das goldene Tintenfaß sah sie nur einmal an und stellte es gleich weg. Sie beklagte sich, daß noch niemand für sie die richtige Rolle, wie sie sie verstehe, geschrieben hätte. Das Singen gab sie aber ganz auf. Ich muß es dir beichten, mein Lieber! Ich hatte ihr damals erzählt, daß du an ihrem Gesang die Schule vermißtest. Und doch ist es ganz unbegreiflich, warum sie sich vergiftet hat! Und wie sie sich vergiftet hat!«

»In welcher Rolle hatte sie den größten Erfolg?« Aratow wollte eigentlich fragen, in welcher Rolle sie zum letzten Male aufgetreten war, fragte aber aus irgendeinem Grunde etwas ganz anderes.

»Wenn ich nicht irre, in Ostrowskijs ›Grunja‹. Ich muß es aber noch einmal sagen: gar keine Liebesaffären! Urteile doch selbst. Sie lebte im Hause ihrer Mutter –; Du kennst wohl solche Kaufmannshäuser: In jeder Ecke hängt ein Heiligenbild mit einem brennenden Lämpchen davor, die Luft ist zum Sterben dumpf, ein widerlicher, säuerlicher Geruch in allen Zimmern, im Salon stehen längs der Wände Stühle und sonst keine Möbel, und auf allen Fensterbänken Geranien; und wenn ein Gast ins Haus kommt, fängt die Hausfrau zu stöhnen an, wie wenn ein Feind sie überfallen hätte. Wie kann man da an irgendwelche Liebesaffären denken? Es kam vor, daß man selbst mich nicht einließ. Ihre Dienstmagd, ein kräftiges Frauenzimmer in rotem Sarafan mit Hängebrüsten, tritt mir im Vorzimmer in den Weg und knurrt: ›Wo wollen Sie hin?‹ – Nein, ich kann unmöglich begreifen, warum sie sich vergiftet hat. Das Leben machte ihr offenbar keine Freude mehr!« Kupfer schloß mit dieser philosophischen Betrachtung seinen Bericht.

Aratow saß mit gesenktem Kopf. »Kannst du mir vielleicht die Adresse des Hauses in Kasan geben?« sagte er nach einer Pause.

»Gewiß, was brauchst du sie? Willst du vielleicht hinschreiben?«

»Vielleicht.«

»Wie du willst. Die Alte wird dir aber nicht antworten, weil sie weder zu lesen noch zu schreiben versteht. Höchstens die Schwester –; Ja, die Schwester ist ein ungewöhnlich kluges Mädchen! Aber ich muß doch über dich staunen, mein Bester: früher diese Gleichgültigkeit, und jetzt dieses Interesse! Das kommt alles von deiner einsamen Lebensweise!«

Aratow entgegnete nichts auf diese Bemerkung, schrieb sich die Kasaner Adresse auf und ging.

Als er vorhin zu Kupfer fuhr, drückte sein Gesicht Erregung, Erstaunen und Erwartung aus. Jetzt ging er mit gleichmäßigen Schritten, die Augen gesenkt, den Hut tief in die Stirn gedrückt, nach Hause. Fast jeder Vorbeigehende sah ihm mit forschenden Blicken nach. Er gab aber auf die Vorbeigehenden nicht acht: ganz anders als damals auf dem Boulevard.

»Unselige Klara! Wahnsinnige Klara!« klang es in seiner Seele.

X

Den folgenden Tag fühlte sich Aratow verhältnismäßig ruhig. Er konnte sogar seinen gewohnten Beschäftigungen nachgehen. Dabei dachte er aber unausgesetzt an Klara und an alles, was Kupfer ihm gestern gesagt hatte. Seine Gedanken waren allerdings recht friedlicher Natur. Es schien ihm, daß jenes seltsame Mädchen ihn nur vom psychologischen Standpunkt aus interessiere, wie eine Art Rätsel, dessen Lösung wohl einiges Kopfzerbrechen wert sei. Sie ist mit einer ausgehaltenen Schauspielerin durchgebrannt, dachte er sich, hat sich in den Schutz der Fürstin begeben, bei der sie wohl auch wohnte – und soll keine Liebesaffären gehabt haben? Das klingt zu unwahrscheinlich! Kupfer sagt zwar, sie sei zu stolz gewesen. Erstens wissen wir aber (Aratow meinte: Wir haben es in Büchern gelesen)…wir wissen, daß Stolz sich wohl mit Leichtsinn vereinbaren läßt; zweitens, wie brachte sie es bei ihrem Stolz fertig, einen Menschen zum Stelldichein einzuladen, der sie mit Verachtung behandeln könnte?…Und sie auch tatsächlich so behandelt hat, und das auf einem öffentlichen Boulevard! Aratow fiel wieder die Szene auf dem Boulevard ein, und er fragte sich, ob er sie tatsächlich mit Verachtung behandelt hätte. Nein! sagte er sich zuletzt. Es war ein anderes Gefühl. Ein Nichtverstehen…vielleicht auch Mißtrauen!

Unselige Klara! klang es ihm wieder im Kopfe. Ja, sie ist wohl unselig, das ist der richtige Ausdruck. – Und wenn dem so ist, so war ich ungerecht. Sie hatte recht, als sie sagte, ich hätte sie nicht verstanden. Schade! Ein vielleicht ganz außerordentliches Geschöpf ging so nahe an mir vorbei, und ich machte keinen Gebrauch davon und stieß sie zurück…Nun, das macht doch nichts! Das ganze Leben liegt noch vor mir. Vielleicht stehen mir noch ganz andere Begegnungen bevor!

Warum hat sie aber gerade mich erwählt? Er warf einen Blick auf den Spiegel, an dem er eben vorbeiging. Was ist denn an mir Besonderes? Bin ich denn besonders hübsch? Ein Gesicht wie jedes andere…Übrigens war auch sie keine Schönheit.

Keine Schönheit, aber welch ein ausdrucksvolles Gesicht! Unbeweglich, und doch so ausdrucksvoll! So ein Gesicht habe ich doch noch nie gesehen. Sie hat auch Talent – sie hatte es vielmehr. Ein wildes, unentwickeltes, sogar rohes, aber doch ein zweifelloses Talent…Auch darin war ich ungerecht gegen sie. Aratow dachte an jenen literarisch-musikalischen Nachmittag zurück und merkte, daß er sich eines jeden von ihr gesprochenen oder gesungenen Wortes, jeder Tonänderung mit außerordentlicher Schärfe erinnerte…Das wäre doch unmöglich, wenn sie gar kein Talent gehabt hätte.

Und jetzt ruht das alles im Grabe, in das sie sich selbst gestürzt hat. Ich bin dabei unbeteiligt. Mich trifft keine Schuld! Es wäre sogar lächerlich zu glauben, daß ich daran irgendwie schuldig sei. Aratow ging wieder der Gedanke durch den Kopf, daß sein Benehmen beim Stelldichein unbedingt habe enttäuschen müssen. Darum hatte sie ja auch beim Abschiednehmen so grausam aufgelacht. Wo sind auch die Beweise dafür, daß sie sich aus Liebesgram vergiftet hat? Diese Zeitungskorrespondenten schreiben ja jeden Selbstmord unglücklicher Liebe zu! Solchen Naturen wie Klara erscheint das Leben oft unerträglich und langweilig. Ja, langweilig. Kupfer hat recht: Das Leben machte ihr einfach keine Freude mehr.

Trotz der Erfolge und Ovationen? Aratow wurde nachdenklich. Die psychologische Analyse, der er sich jetzt hingab, machte ihm sogar Vergnügen. Er ahnte selbst nicht, welche Bedeutung für ihn, der bisher noch niemals mit Frauen in Berührung gekommen war, diese gespannte Untersuchung einer weiblichen Seele hatte.

Folglich fuhr er in seinen Betrachtungen fort, folglich gab ihr die Kunst keine Befriedigung und vermochte die Leere ihres Lebens nicht zu füllen. Die echten Künstler leben ja nur für die Kunst und für das Theater. Alles übrige erblaßt vor dem, was sie für ihren Beruf halten… Sie war eben Dilettantin!

Aratow wurde wieder nachdenklich. Nein, das Wort »Dilettantin« paßte so wenig zu ihrem Gesicht, zum Ausdruck ihrer Augen.

Vor ihm schwebte wieder das Bild Klaras mit den auf ihn gerichteten tränenerfüllten Augen und den zusammengepreßten, an die Lippen gedrückten Händen.

»Ach, nicht doch, nicht doch!« flüsterte er: »Wozu?«

So verging der ganze Tag. Beim Mittagessen unterhielt er sich viel mit Tante Platoscha und fragte sie nach den alten Zeiten aus, an die sie sich übrigens schlecht erinnerte und von denen sie kaum etwas sagen konnte, da sie überhaupt wenig redegewandt war und in ihrem ganzen Leben außer ihrem Jascha kaum etwas bemerkt hatte. Sie freute sich nur darüber, daß er sich plötzlich so freundlich und liebenswürdig zeigte. Gegen Abend war Aratow schon so ruhig, daß er mit der Tante sogar einige Partien Karten spielte.

So verging der Tag. Aber die Nacht...

Die Nacht begann recht gut; er schlief schnell ein, und als die Tante zu ihm auf den Fußspitzen hereinkam, um den Schlafenden, wie sie es jede Nacht tat, dreimal zu bekreuzen, atmete er ruhig wie ein Kind. Aber kurz vor Tagesanbruch hatte er einen Traum.

Es träumte ihm: Er ging über eine leere steinige Steppe unter einem niederen Himmel. Zwischen den Steinen wand sich ein Pfad; er ging diesen Pfad entlang. Plötzlich erhob sich vor ihm etwas wie ein leichtes Wölkchen. Er sah es aufmerksam an; das Wölkchen verwandelte sich in ein weibliches Wesen in weißem Kleid mit hellem Gürtel um die Hüften. Sie wollte von ihm weglaufen. Er konnte weder ihr Gesicht noch ihre Haare sehen: Ein langer Schleier verdeckte sie. Er wollte sie unbedingt einholen und ihr in die Augen blicken. Wie sehr er auch seine Schritte beschleunigte, sie war schneller als er.

Auf dem Pfad lag ein Stein, breit und flach wie eine Grabplatte. Der Stein versperrte ihr den Weg. Sie blieb stehen. Aratow holte sie ein. Sie wandte sich zu ihm um, er konnte aber ihre Augen auch jetzt nicht sehen – sie waren geschlossen. Ihr Gesicht war weiß wie Schnee, die Hände hingen unbeweglich herab. Sie glich einer Statue.

Langsam, ohne auch nur ein Glied zu biegen, beugt sie sich zurück und läßt sich auf die Steinplatte sinken... Aratow liegt im Nu an ihrer Seite, ausgestreckt wie eine Grabfigur, und seine Hände sind wie bei einem Toten gefaltet.

Plötzlich erhob sie sich und entfernte sich von ihm. Auch Aratow wollte aufstehen, konnte sich aber weder rühren noch die Hände heben. Er konnte ihr nur voller Verzweiflung nachblicken.

Sie wandte sich plötzlich um, und er erblickte helle, lebendige Augen in einem lebendigen, doch unbekannten Gesicht. Sie lachte, sie winkte ihm mit der Hand, und er konnte sich noch immer nicht rühren.

Sie lachte auf und entfernte sich von ihm, lustig mit dem Kopfe nickend, auf dem plötzlich ein Kranz aus kleinen roten Rosen aufleuchtete.

Aratow wollte aufschreien, wollte diesen schrecklichen Alpdruck verscheuchen.

Plötzlich verdunkelte sich alles, und sie kehrte zu ihm zurück. Es war nicht mehr jene unbekannte Statue: Es war Klara. Sie blieb vor ihm stehen, kreuzte die Arme und sah ihn streng und unverwandt an. Ihre Lippen waren zusammengepreßt, Aratow glaubte aber die Worte zu hören: »Wenn du wissen willst, wer ich bin, so reise hin!«

»Wohin?« fragte er.

»Dorthin!« antwortete die klagende Stimme »Dorthin!«

Aratow erwachte.

Er setzte sich im Bett auf, zündete die Kerze auf dem Nachttischchen an, stand aber nicht auf, sondern saß lange, ganz kalt vor Entsetzen, da und ließ die Blicke langsam um sich schweifen. Es war ihm, als ob mit ihm während der Nacht etwas vorgefallen wäre, als ob sich etwas in ihm festgesetzt, sich seiner bemächtigt hätte. »Ist es denn möglich?« flüsterte er wie geistesabwesend. »Gibt es denn eine solche Gewalt?«

Er konnte nicht länger im Bett bleiben. Er zog sich leise an und ging bis zum Morgen in seinem Zimmer auf und ab. Doch seltsam: An Klara dachte er keinen Augenblick mehr; er dachte nicht mehr an sie, weil er beschlossen hatte, am nächsten Tag nach Kasan zu fahren.

Er dachte nur an diese Reise, wie sie zu machen sei und was er mitnehmen sollte; wie er dort alles Nötige aufsuchen und erfahren und sich dann beruhigen werde.

Wenn du nicht hinfährst, sagte er sich, so kannst du noch verrückt werden!

Er fürchtete es wirklich; er fürchtete für seine Nerven. Er war überzeugt, daß aller Zauber sich wie dieser nächtliche Alpdruck verflüchtigen würde, sobald er alles mit seinen eigenen Augen sähe. Diese Reise wird ja höchstens eine Woche in Anspruch nehmen, dachte er. Was ist eine Woche? Anders werde ich es aber nicht los.

Die aufgehende Sonne erhellte sein Zimmer; das Tageslicht vermochte aber nicht, die auf ihm lastenden Schatten der Nacht zu verscheuchen und seinen Entschluß zu ändern.

Als Aratow Tante Platoscha seinen Entschluß mitteilte, traf sie beinahe der Schlag. Ihre Knie knickten ein, und sie hockte sich hin. »Wie, nach Kasan? Wozu nach Kasan?« flüsterte sie, ihn mit ihren halbblinden Augen anglotzend. Ihr Erstaunen wäre wohl kaum größer, wenn sie hören würde, daß ihr Jascha die Bäckerin aus dem Nachbarhaus heiraten oder nach Amerika gehen wolle. »Willst du für lange nach Kasan?«

»Ich komme nach einer Woche zurück«, antwortete Aratow, sich halb nach der Tante umwendend, die noch immer auf dem Boden hockte.

Piatonida Iwanowna wollte noch etwas einwenden, aber da kam etwas ganz Unerwartetes, etwas, das ihr ganz ungewohnt war: Aratow schrie sie an: »Ich bin kein Kind mehr!« Er war totenblaß geworden, seine Lippen zitterten, und seine Augen brannten gehässig. »Ich bin sechsundzwanzig Jahre alt, ich weiß, was ich tue, ich darf alles tun, was mir beliebt. Ich werde niemand gestatten... Geben Sie mir Geld für die Reise, machen Sie mir den Koffer mit der Wäsche und den Kleidern fertig – und quälen Sie mich nicht! Nach einer Woche komme ich zurück, Platoscha«, fügte er etwas milder hinzu.

Platoscha erhob sich seufzend und schlich langsam, ohne zu widersprechen, in ihr Zimmer. Jascha hatte ihr große Angst gemacht. »Ich habe keinen Kopf mehr auf dem Nacken«, sagte sie zur Köchin, die ihr half, die Sachen einzupacken, »keinen Kopf, sondern einen Bienenkorb, und ich weiß gar nicht, was für Bienen darin summen. Nach Kasan will er fahren, meine Liebe, nach Ka-san!«

Die Köchin, die gestern bemerkt hatte, wie der Hausknecht sich lange mit einem Schutzmann unterhalten hatte, wollte es anfangs ihrer Herrin melden, entschloß sich aber doch nicht dazu. Sie dachte sich nur: Nach Kasan? Daß die Reise nur nicht weiter geht!

Platonida Iwanowna war so fassungslos, daß sie es sogar unterließ, ihr gewohntes Gebet zu sprechen. »Bei einem solchen Unglück kann ja auch der liebe Gott nicht helfen!«

Aratow reiste am gleichen Tage nach Kasan.

XII

Kaum war er in diese Stadt gekommen und in einem Gasthaus abgestiegen, als er sich auch gleich auf die Suche nach dem Hause der Witwe Milowidow machte. Während der ganzen Reise befand er sich in einer seltsamen Erstarrung, was ihn übrigens nicht hinderte, alles richtig zu machen: in Nischnij-Nowgorod die Eisenbahn mit dem Dampfschiff zu vertauschen, auf den Stationen zu essen und so weiter. Er war noch immer überzeugt, daß dort sich alles lösen würde; darum hielt er alle Erinnerungen und Betrachtungen von sich fern und begnügte sich mit den Vorbereitungen zum »Speech«, in dem er den Angehörigen Klaras seine Beweggründe klarmachen würde.

Endlich war er am Ziel und ließ sich anmelden. Man ließ ihn ein, wenn auch mit einiger Bestürzung und Angst.

Das Haus der Witwe Milowidow war tatsächlich so, wie Kupfer es beschrieben hatte; auch die Witwe selbst erinnerte an eine der Kaufmannsfrauen Ostrowskijs, obwohl sie eine Beamtenwitwe war: Ihr Mann hatte den Rang eines Kollegien-Assessors gehabt. Aratow entschuldigte sich zunächst wegen seiner Dreistigkeit und der Seltsamkeit seines Besuchs und hielt dann mit ziemlicher Mühe den vorbereiteten »Speech«. Er sprach von seinem Wunsch, alles Wissenswertes über die so jung verstorbene Künstlerin zu sammeln, und sagte, daß er dabei nicht von müßiger Neugierde, sondern von tiefer Sympathie für ihr Talent, dessen Verehrer (er gebraucht diesen Ausdruck: »Verehrer«) er gewesen sei, geleitet werde; daß es schließlich eine Sünde wäre, wenn man das Publikum in Unwissenheit darüber ließe, was es in ihr verloren habe und warum die auf sie gesetzten Hoffnungen nicht in Erfüllung gegangen waren.

Frau Milowidow unterbrach ihn nicht; sie verstand wohl kaum, was ihr dieser unbekannte Gast sagte, glotzte ihn erstaunt an und dachte sich nur, daß er ganz harmlos aussehe, anständig gekleidet, also kein Schwindler sei und wohl auch kein Geld erpressen werde.

»Sprechen Sie von Katja?« fragte sie, als Aratow fertig war.

»Gewiß…von Ihrer Tochter.«

»Sind Sie deswegen aus Moskau hergekommen?«

»Ja, aus Moskau.«

»Nur deswegen?« – »Ja, nur deswegen.«

Frau Milowidow fuhr plötzlich zusammen. »Sie sind wohl ein Schreiber? Schreiben Sie in den Journalen?«

»Nein, ich bin kein Schreiber und habe bisher in den Journalen nicht geschrieben.«

Die Witwe neigte den Kopf. Sie konnte gar nichts begreifen.

»Sie sind also…aus eigenem Antrieb gekommen?« fragte sie plötzlich. Aratow mußte sich auf eine Antwort besinnen.

»Aus Mitgefühl, aus Verehrung für das Talent«, antwortete er schließlich.

Das Wort »Verehrung« gefiel der Frau Milowidow gut. »Nun, warum auch nicht«, begann sie mit einem Seufzer. »Ich bin zwar ihre Mutter, und mein Schmerz war groß…Dieses unerwartete Unglück! Ich muß aber sagen: Sie war immer wild und hat auch auf eine wilde Manier geendet! Diese Schande! Urteilen Sie doch selbst, wie es der Mutter ums Herz ist! Ich muß schon damit zufrieden sein, daß sie ein christliches Begräbnis bekam.« Frau Milowidow bekreuzigte sich. »Von Kind auf gehorchte sie keinem Menschen, dann lief sie aus dem Elternhause fort und wurde zuletzt – bedenken Sie nur! – Schauspielerin! Natürlich sagte ich mich von ihr nicht los: Ich liebte sie ja und war immerhin ihre Mutter! Sie durfte doch nicht bei fremden Leuten wohnen oder betteln gehen.« Die Witwe vergoß einige Tränen. »Und wenn Sie, mein Herr«, begann sie von neuem, die Augen mit dem Ende ihres Tuches abwischend, »wenn Sie wirklich diese Absicht haben und uns keine Unehre antun, sondern, im Gegenteil, Ihre Aufmerksamkeit erweisen wollen – so sprechen Sie mit meiner anderen Tochter. Sie wird Ihnen alles viel besser als ich erzählen können – Annotschka!« rief Frau Milowidow, »Annotschka, komm doch her! Hier ist ein Herr aus Moskau, der mit dir wegen Katja sprechen möchte!«

Im Nebenzimmer klopfte etwas, aber niemand kam zum Vorschein. »Annotschka!« rief die Witwe wieder, »Anna Ssemjonowna! Komm, wenn man dich ruft!«

Die Tür ging leise auf, und an der Schwelle erschien ein nicht mehr junges Mädchen, kränklich, unschön, doch mit sanften, traurigen Augen. Aratow erhob sich bei ihrem Erscheinen und stellte sich, unter Berufung auf seinen Freund Kupfer, vor. »Ach so, Sie kennen Fjodor Fjodorowitsch!« sagte das Mädchen leise und ließ sich lautlos auf einen Stuhl nieder.

»Also sprich mit dem Herrn«, sagte Frau Milowidow, sich schwerfällig von ihrem Platz erhebend, »der Herr hat sich eigens dazu aus Moskau herbemüht, er will einiges über Katja erfahren. Mich müssen Sie aber entschuldigen, mein Herr!« fügte sie hinzu. »Ich muß nach der Wirtschaft schauen. Mit Annotschka werden Sie sich gut verständigen, sie wird Ihnen vom Theater erzählen... und vom übrigen. Sie ist klug und gebildet: kann französisch und liest Bücher, steht ihrer seligen Schwester in nichts nach. Sie hat sie ja sozusagen erzogen: Sie war die ältere und gab sich mit ihr ab.«

Frau Milowidow zog sich zurück.

Als Aratow mit Anna Ssemjonowna allein geblieben war, wiederholte er seinen Speech. Da er aber gleich auf den ersten Blick merkte, daß er es mit einem wirklich gebildeten Wesen und nicht mit einer gewöhnlichen Kaufmannstochter zu tun hatte, sprach er etwas weitläufiger als vorhin mit der Mutter und gebrauchte auch andere Ausdrücke. Zum Schluß wurde er aufgeregt; errötete und fühlte, wie ihm das Herz pochte. Anna hörte ihm schweigend mit gefalteten Händen zu; ein trauriges Lächeln wich nicht von ihrem Gesicht – ein bitteres, noch nicht verheiltes Weh sprach aus diesem Lächeln.

»Haben Sie meine Schwester gekannt?« fragte sie Aratow.

»Nein, ich habe sie eigentlich nicht gekannt«, antwortete er. »Ich habe sie wohl einmal gesehen und gehört. Es genügte aber, Ihre Schwester einmal zu sehen und zu hören...«

»Wollen Sie ihre Biographie schreiben?« fragte Anna.

Aratow hatte diese Frage nicht erwartet. Er antwortete aber sofort: »Warum auch nicht? Vor allem möchte ich das Publikum unterrichten...«

Anna unterbrach ihn mit einer Handbewegung.

»Wozu das? Das Publikum hat ihr viel Leid zugefügt; Katja fing ja erst zu leben an. Doch wenn Sie selbst (Anna blickte ihn an und lächelte wieder traurig, doch etwas freundlicher. Es war, wie wenn sie sich sagte: Ja, du flößt mir wohl Vertrauen ein!), wenn Sie selbst soviel Mitgefühl für sie haben, so wollen Sie gütigst heute nachmittag nach dem Essen wiederkommen. Jetzt kann ich nicht... so plötzlich. Ich muß mich sammeln. Ich werde es versuchen. Ach, ich habe sie zu sehr geliebt!«

Anna wandte sich ab; sie schien dem Weinen nahe.

Aratow erhob sich schnell von seinem Stuhl, dankte für das Anerbieten, versprach unbedingt, ja, unbedingt zu kommen, und ging, ganz im Banne ihrer leisen Stimme und der sanften, traurigen Augen – und er verzehrte sich vor Sehnsucht nach dem Wiedersehen.

XIII

Aratow kam am Nachmittag zu den Milowidows und unterhielt sich volle drei Stunden mit Anna Ssemjonowna. Frau Milowidow pflegte sich jeden Nachmittag um zwei hinzulegen und bis zum Abendtee, der um sieben Uhr eingenommen wurde, »auszuruhen«. Die Unterhaltung Aratows mit Klaras Schwester war eigentlich keine Unterhaltung: Sie sprach fast die ganze Zeit allein, anfangs etwas unsicher und verlegen, dann aber mit großem Feuer. Sie vergötterte offenbar ihre Schwester. Das Vertrauen, das ihr Aratow einflößte, wurde immer stärker; sie gab jede Zurückhaltung auf und fing sogar zweimal in seiner Gegenwart zu weinen an. Sie hielt ihn für würdig, ihre Offenherzigkeiten und Herzensergüsse hinzunehmen. In ihrem eigenen freudlosen Leben hatte es nichts dergleichen gegeben!

Er aber sog jedes ihrer Worte gierig ein und erfuhr folgendes: Vieles nur aus Andeutungen. Vieles ergänzte er selbst.

Klara war in ihrer Kindheit zweifellos ein höchst unangenehmes Geschöpf gewesen; auch als junges Mädchen war sie schwierig: eigensinnig, aufbrausend und selbstsüchtig. Sie vertrug sich am allerwenigsten mit dem Vater, den sie wegen seiner Trunksucht und Talentlosigkeit verachtete. Sie zeigte schon sehr früh Veranlagung für Musik; der Vater aber tat nichts für die Entwicklung dieses Talents, da er nur die Malerei allein, in der er zwar wenig erreicht hatte, die aber ihn und seine Familie ernährte, für echte Kunst hielt. An ihrer Mutter hing sie mit einer etwas lässigen Liebe, wie ein Kind oft an seiner Wärterin hängt; die Schwester vergötterte sie, obwohl sie sich mit ihr oft herumschlug und sie biß. Dann wieder kniete sie vor ihr nieder und küßte die gebissenen Stellen. Sie war ganz Feuer, ganz Leidenschaft, ganz Widerspruch: rachsüchtig und gutmütig, großmütig und nachtragend; sie glaubte an das Schicksal und glaubte nicht an Gott (Anna flüsterte diese Worte mit Entsetzen); sie liebte alles Schöne, kümmerte sich aber nicht um ihre eigene Schönheit und kleidete sich nachlässig; sie ärgerte sich, wenn junge Leute ihr den Hof machten, las aber in den Büchern nur solche Seiten, die von Liebe handelten; sie wollte niemand gefallen, mochte keine Zärtlichkeiten, vergaß aber keine ihr erwiesene Zärtlichkeit, aber auch keine Beleidigung; sie fürchtete den Tod und tötete sich selbst!

Manchmal sagte sie: »Den, den ich will, werde ich nie finden, einen andern will ich aber nicht!«

»Und wenn du ihn doch findest?« fragte Anna.

»Wenn ich ihn finde, so nehme ich ihn mir.«

»Und wenn er sich nicht hergibt?«

»Dann... dann nehme ich mir das Leben. Dann tauge ich also nicht.«

Klaras Vater (der seine Frau zuweilen im Rausche fragte: »Von wem hast du diese schwarze Hexe? Von mir ist sie sicher nicht!«) wollte sie möglichst schnell loswerden und verlobte sie mit einem reichen jungen, furchtbar dummen Kaufmann, einem von den »Gebildeten«. Zwei Wochen vor der Hochzeit (sie war erst sechzehn) ging sie mit gekreuzten Armen, mit den Fingern auf den Ellenbogen spielend (das war ihre liebste Stellung), auf ihren Bräutigam zu und versetzte ihm plötzlich mit ihrer großen kräftigen Hand einen Schlag auf seine rosige Wange! Er sprang auf und riß nur das Maul auf – es ist zu bemerken, daß er maßlos in sie verliebt war.

Er fragte sie: »Wofür?«

Sie lachte nur auf und ging.

»Ich war im gleichen Zimmer«, erzählte Anna, »und war Zeugin. Ich lief ihr nach und fragte: ›Katja, was fällt dir ein?‹ Sie aber antwortete: ›Wenn er ein Mann wäre, so hätte er mich verprügelt, er ist aber eine nasse Henne! Und er fragt noch: Wofür? Wenn du mich liebst und mich nicht strafen willst, so mußt du eben dulden und darfst nicht fragen, wofür! Er kriegt mich nicht, solange er lebt!‹ Sie nahm ihn auch wirklich nicht. Bald darauf lernte sie jene Schauspielerin kennen und verließ unser Haus. Mütterchen weinte, Vater aber sagte: ›Die widerspenstige Ziege muß aus der Herde hinaus!‹ Und er tat nichts, um sie zur Rückkehr zu bewegen. Der Vater verstand Klara nicht. Am Tag vor ihrer Flucht erwürgte sie mich beinahe in ihren Armen«, fügte Anna hinzu, »und sagte dabei immer: ›Ich kann nicht anders! Das Herz bricht mir entzwei, ich

kann aber nicht anders! Zu eng ist mir euer Käfig... meine Flügel finden keinen Platz darin!
Niemand kann seinem Schicksal entgehen.‹«

»Später sahen wir uns nur sehr selten«, bemerkte Anna. »Als der Vater starb, kam sie für zwei
Tage nach Hause, wollte nichts von der Erbschaft nehmen und verschwand wieder. Es war ihr
schwer, bei uns zu leben. Ich sah es. Dann kam sie als Schauspielerin nach Kasan.«

Aratow begann Anna über das Theater auszufragen, über die Rollen, in denen Klara auftrat,
und über ihre Erfolge.

Anna antwortete ausführlich mit dem gleichen traurigen Ausdruck, wenn auch mit großem
Feuer. Sie zeigte Aratow sogar eine Photographie, auf der Klara in einer ihrer Rollen dargestellt
war. Auf dem Bild blickte sie zur Seite, wie wenn sie sich von den Zuschauern abwenden wollte;
der mit einem Band durchflochtene dicke Zopf fiel wie eine Schlange auf den entblößten Arm
herab. Aratow betrachtete die Photographie lange, fand sie ähnlich, erkundigte sich, ob Klara
auch in Rezitationsabenden aufgetreten sei, und erfuhr von Anna, daß sie nur in Bühnenrollen
aufgetreten war, weil sie die Aufregung des Theaters und der Bühne brauchte... Aber eine andere
Frage brannte ihm auf den Lippen.

»Anna Ssemjonowna!« rief er schließlich aus, nicht laut, doch mit besonderer Kraft: »Sagen
Sie mir, ich flehe Sie an, sagen Sie mir, warum sie... warum sie sich zu dieser schrecklichen
Tat entschlossen hat!«

Anna senkte die Augen. »Ich weiß es nicht!« sagte sie nach einer Weile. »Bei Gott, ich weiß
es nicht!« fuhr sie in fieberhafter Hast fort, als sie sah, daß Aratow ungläubig die Arme spreizte.
»Vom Tag ihrer Ankunft an war sie nachdenklich und finster. Sie hatte in Moskau zweifellos ir-
gend etwas erlebt, was ich unmöglich erraten kann. Aber an jenem verhängnisvollen Tag schien
sie, ich will nicht sagen, lustiger, doch ruhiger als sonst. Ich hatte sogar keine Vorahnung«, fügte
Anna mit bitterem Lächeln hinzu, als ob sie sich etwas vorzuwerfen hätte.

»Sehen Sie«, fing sie wieder an, »es war ihr wohl schon vom Schicksal beschieden, unglücklich
zu sein. Von ihrer frühesten Kindheit an war sie davon überzeugt. Zuweilen stützte sie den Kopf
in die Hand und sagte nachdenklich: ›Ich werde nicht lange leben!‹ Sie hatte Vorahnungen.
Denken Sie sich nur: Sie sah schon vorher im Traume und manchmal auch im Wachen, was
ihr bevorstand. ›Wenn ich nicht so leben kann, wie ich will, so will ich gar nicht leben‹, pflegte
sie oft zu sagen. ›Unser Leben ist ja in unserer Hand!‹ Und sie bewies es auch!«

Anna bedeckte das Gesicht mit den Händen und verstummte.

»Anna Ssemjonowna«, begann Aratow nach einer Pause. »Sie haben vielleicht gehört, was in
den Zeitungen stand...«

»Das von der unglücklichen Liebe?« unterbrach ihn Anna, und nahm die Hände vom Ge-
sicht. »Das ist eine Verleumdung, eine Verleumdung, eine Erfindung! Meine unberührte, meine
unzugängliche Katja... Katja!... Und sie sollte eine unglückliche, eine unerwiderte Liebe haben?!
Und ich habe nichts davon gewußt? Alle, alle verliebten sich in sie und sie... Wen hätte sie hier
auch lieben können? Wer von allen Menschen war ihrer wert? Wer hatte jenes Ideal der Ehr-
lichkeit, Wahrhaftigkeit, Reinheit, ja, vor allem Reinheit, das ihr trotz aller ihrer Fehler immer
vorschwebte, erreicht? Wer hat ihre Liebe zurückweisen können, ihre Liebe...«

Annas Stimme versagte. Ihre Finger zitterten. Sie war plötzlich über und über rot gewor-
den, rot vor Empörung, und in diesem Augenblick, in diesem einen Augenblick sah sie der
Schwester ähnlich.

Aratow stammelte irgendeine Entschuldigung.

»Hören Sie einmal«, unterbrach ihn Anna wieder. »Ich will, daß Sie an diese Verleumdung
nicht glauben, daß Sie sie nach Möglichkeit zerstreuen! Sie wollen ja einen Aufsatz schreiben:
Da haben Sie also die Gelegenheit, ihr Andenken zu verteidigen! Darum spreche ich auch mit
Ihnen so aufrichtig. Hören Sie einmal: Katja hat ein Tagebuch hinterlassen.«

Aratow zuckte zusammen. »Ein Tagebuch«, flüsterte er.

»Ja, ein Tagebuch, das heißt nur einige Seiten. Katja mochte das Schreiben nicht und trug
monatelang nichts ein; auch ihre Briefe waren kurz. Sie war aber immer aufrichtig und log
niemals. Wie sollte sie auch bei ihrem Stolz lügen! Ich... ich will Ihnen das Tagebuch zeigen.

Sie werden sich selbst überzeugen, daß darin nicht einmal eine Andeutung von unglücklicher Liebe zu finden ist!«

Anna holte aus der Schublade hastig ein dünnes Heftchen von höchstens zehn Seiten und reichte es Aratow. Er ergriff es mit Gier, erkannte sofort die unregelmäßige, weitläufige Schrift jenes anonymen Briefes und schlug es aufs Geratewohl auf. Sein Blick fiel auf folgende Zeilen: »Moskau. Dienstag, den *. Juni. Ich rezitierte und sang in einer literarischen Matinee. Heute war für mich ein bedeutsamer Tag. Er muß mein Schicksal entscheiden. (Dieser Satz war zweimal unterstrichen.) Ich sah wieder«, hier folgten einige sorgfältig durchgestrichene Zeilen. Weiter hieß es: »Nein, nein, nein! Ich muß wieder von vorne anfangen, wenn nur...«

Aratow ließ die Hand mit dem Heft sinken, und sein Kopf fiel langsam auf die Brust herab.

»Lesen Sie doch!« rief Anna aus. »Warum lesen Sie nicht? Lesen Sie von Anfang an! Sie sind damit in fünf Minuten fertig, obwohl das Tagebuch ganze zwei Jahre umfaßt. In Kasan trug sie nichts mehr ein.«

Aratow erhob sich langsam von seinem Stuhl und stürzte vor Anna in die Knie.

Sie war vor Erstaunen und Schreck ganz starr.

»Geben Sie, geben Sie mir dieses Tagebuch«, begann Aratow mit ersterbender Stimme und hob beide Hände zu ihr empor. »Geben Sie es mir... auch die Photographie. Sie haben sicher eine andere. Das Tagebuch werde ich Ihnen zurückgeben. Ich brauche es, ich brauche es...«

In seinem Flehen, in seinen verzerrten Zügen lag eine solche Verzweiflung; man konnte diesen Ausdruck für Haß oder Schmerz halten. Er litt tatsächlich. Es war, als ob ein unerwartetes Unglück über ihn hereingebrochen wäre und er gereizt um Erbarmen und Hilfe flehte.

»Geben Sie es mir!« sagte er wieder.

»Waren Sie vielleicht in meine Schwester verliebt?« fragte Anna endlich.

Aratow kniete noch immer.

»Ich habe sie nur zweimal gesehen, glauben Sie es mir! Und wenn ich nicht meine Gründe hätte, die ich selbst weder richtig begreifen noch darlegen kann – wenn über mir nicht eine Gewalt wäre, die stärker ist als ich, so hätte ich Sie darum nicht gebeten. Ich wäre gar nicht hergekommen. Ich brauche... ich muß... Sie haben mir ja selbst gesagt, daß ich ihr Bild in seiner Reinheit wiederherstellen soll!«

»Und Sie waren in meine Schwester nicht verliebt?« fragte Anna wieder.

Aratow wußte im ersten Augenblick nicht, was zu antworten, und wandte sich, wie von Schmerz überwältigt, von ihr weg.

»Nun ja! Ich war verliebt! Ich bin es auch jetzt!« rief er mit derselben Verzweiflung aus.

Im Nebenzimmer ertönten Schritte.

»Stehen Sie auf, stehen Sie auf«, sagte Anna schnell: »Mütterchen kommt!«

Aratow erhob sich von den Knien.

»Nehmen Sie meinetwegen das Tagebuch und die Photographie mit. Die arme, arme Katja!... Das Tagebuch müssen Sie mir aber wiedergeben«, fügte sie lebhaft hinzu. »Und wenn Sie etwas über sie schreiben, so müssen Sie es mir unbedingt schicken! Hören Sie?«

Das Erscheinen der Frau Milowidow entband Aratow von der Pflicht, etwas darauf zu sagen. Er hatte aber noch Zeit, dem jungen Mädchen zuzuflüstern: »Sie sind ein Engel! Ich danke Ihnen! Ich will Ihnen alles schicken, was ich schreibe.«

Frau Milowidow war so verschlafen, daß sie nichts merkte. So verließ Aratow mit der Photographie in der Brusttasche Kasan. Das Heftchen gab er Anna zurück, riß aber heimlich die Seite heraus, auf der sich die unterstrichenen Worte befanden.

Während der Rückfahrt nach Moskau war er wieder in der gleichen Erstarrung. Obwohl er sich auch in der Tiefe seiner Seele freute, daß er den Zweck seiner Reise erreicht hatte, schob er alle Gedanken an Klara bis zu seiner Heimkehr auf. Er dachte vielmehr an ihre Schwester Anna.

Das ist doch wirklich ein herrliches, sympathisches Wesen! sagte er sich. Dieses feine Verständnis für alles, dieses liebende Herz, dieser völlige Mangel an Selbstsucht! Wie kommt es nur, daß in unserer Provinz und in einem solchen Milieu so herrliche Mädchen erblühen? Sie ist kränklich und unschön und auch nicht mehr jung, doch welch eine wunderbare Lebensgefährtin wäre sie für einen anständigen gebildeten jungen Mann. In eine solche sollte man sich verlieben!

Solche Gedanken gingen Aratow durch den Kopf. Als er aber wieder in Moskau war, nahm alles doch eine ganz andere Wendung.

XIV

Platonida Iwanowna freute sich unsagbar über die Rückkehr ihres Neffen. Was hatte sie sich nicht schon alles gedacht! – »Mindestens nach Sibirien!« flüsterte sie, regungslos in ihrem Zimmerchen sitzend »Mindestens für ein Jahr!« Auch die Köchin machte ihr große Angst, wenn sie ihr die verbürgtesten Nachrichten über das Verschwinden bald des einen, bald des andern jungen Mannes aus der Nachbarschaft überbrachte. Die absolute Unschuld und politische Zuverlässigkeit Jaschas vermochten sie nicht zu beruhigen: Es kann ja alles vorkommen! Er beschäftigte sich mit Photographie – das genügt schon! Man verhaftet ihn!

Da kam aber Jascha heil und gesund nach Hause! Allerdings kam er ihr etwas abgemagert vor; das war auch kein Wunder: die ganze Zeit ohne ihre Aufsicht! Sie wagte aber nicht, ihn über seine Reise auszufragen. Beim Mittagessen erkundigte sie sich nur: »Ist Kasan eine hübsche Stadt?«

»Ja, eine hübsche Stadt!« antwortete Aratow.

»Leben dort lauter Tataren?«

»Nicht lauter Tataren.«

»Hast du dir keinen tatarischen Schlafrock mitgebracht?«

»Nein, ich habe keinen mitgebracht.«

Damit war das Gespräch zu Ende.

Kaum war aber Aratow allein in seinem Kabinett, als er sich sofort an allen Gliedern ergriffen fühlte, wie wenn er sich wieder in der Gewalt – ja, es war wohl eine Gewalt! – eines anderen Lebens, eines anderen Wesens befände. Er hatte zwar Anna in jenem plötzlichen Ausbruch von Wahnsinn gesagt, daß er in Klara verliebt sei; dieses Wort erschien ihm aber jetzt dumm und sinnlos. Nein, er ist nicht verliebt; wie sollte er auch in eine Tote verliebt sein, die ihm selbst bei Lebzeiten nicht gefiel, die er beinahe vergessen hatte? – Nein! Er ist aber in der Gewalt, in ihrer Gewalt. Er gehört nicht mehr sich selbst. Er ist gefangen. Er ist dermaßen gefangen, daß er nicht einmal versucht, sich auf irgendeine Weise frei zu machen – weder durch Spott über seine Dummheit noch durch die Einsicht oder wenigstens die Hoffnung, daß alles vergehen werde, daß alles von den Nerven komme, noch durch irgendwelche logische Gründe!

»Wenn ich ihn finde, so nehme ich ihn mir«, diese Worte Klaras, die er von Anna gehört hatte, kamen ihm in den Sinn. Nun hat sie ihn genommen. Sie ist aber tot? Ja, ihr Körper ist tot. Und die Seele? Ist die Seele nicht unsterblich? Braucht sie denn irdische Organe, um ihre Gewalt zu zeigen? – Die Erscheinungen des Magnetismus beweisen, daß eine lebende Menschenseele auf eine andere lebende Menschenseele einwirken kann. Warum soll diese Wirkung nicht auch nach dem Tode fortbestehen, wenn die Seele doch lebendig bleibt? Ja, doch zu welchem Zweck? Was kann dabei herauskommen? Haben wir aber überhaupt eine Ahnung davon, welchen Zweck alles hat, was um uns geschieht?

Diese Gedanken beschäftigten Aratow so sehr, daß er beim Abendtee an Platoscha ganz unvermittelt die Frage richtete, ob sie an die Unsterblichkeit der Seele glaube.

Platoscha verstand im ersten Augenblick nicht, was er wollte; dann bekreuzigte sie sich und antwortete: »Wie sollte denn die Seele nicht unsterblich sein?«

»Kann sie dann auch nach dem Tode wirken?« fragte wieder Aratow.

Die Alte antwortete, daß sie wohl für uns beten könne, das heißt nur nachdem sie in Erwartung des Jüngsten Gerichts alle Leidensstationen durchgemacht habe. Die ersten vierzig Tage umschwebe sie aber die Stätte, wo sie den Tod erlitten.

»Die ersten vierzig Tage?«

»Ja, und dann beginnen die Leidensstationen.«

Aratow wunderte sich über die Kenntnisse der Tante und ging wieder in sein Kabinett. Und wieder fühlte er die gleiche Gewalt über sich. Diese Gewalt äußerte sich darin, daß er fortwährend das Bild Klaras vor sich sah; er sah es mit solchen Einzelheiten, wie er sie bei ihren Lebzeiten wohl gar nicht bemerkt hatte; er sah … er sah ihre Finger, ihre Nägel, die Haarsträhnen an den Wangen unterhalb der Schläfen, ein kleines Muttermal unter dem linken Auge;

er sah die Bewegungen ihrer Lippen, Nasenflügel, Augenbrauen; ihren Gang, und wie sie den Kopf ein wenig nach rechts geneigt hielt: Alles sah er! Er sah es ganz ohne Bewunderung, er mußte es aber unausgesetzt sehen und unausgesetzt daran denken.

Doch in der ersten Nacht nach seiner Rückkehr träumte er nicht von ihr. Er war sehr müde und schlief fest wie ein Toter. Als er aber erwachte, trat sie sofort wieder in sein Zimmer und blieb darin wie eine Hausfrau; als ob sie sich mit ihrem freiwilligen Tod das Recht erkauft hätte, ohne ihn zu fragen, bei ihm aus-und einzugehen.

Er nahm ihre Photographie vor, begann sie zu reproduzieren und zu vergrößern. Dann fiel es ihm ein, das Bild für das Stereoskop einzurichten. Das machte ihm nicht wenig Arbeit. Schließlich brachte er es doch fertig.

Er zuckte zusammen, als er durch die Linse ihre Figur sah, die den Anschein von Körperlichkeit angenommen hatte. Sie war aber grau, wie verstaubt, und die Augen – die Augen blickten zur Seite, wie wenn sie sich von ihm wegwandte. Er stand lange da, blickte lange in die Augen, als erwarte er, daß sie sich auf ihn richten. Er kniff sogar seine Augen zusammen. Die ihrigen aber blieben unbeweglich, und ihre Figur bekam etwas Puppenhaftes.

Er ließ das Bild liegen, warf sich in einen Sessel, holte das herausgerissene Tagebuchblatt mit der unterstrichenen Zeile hervor und dachte: Man sagt, daß Verliebte die Zeilen küssen, die von einer geliebten Hand herrühren, ich habe aber diesen Wunsch nicht – auch die Handschrift erscheint mir nicht schön. Doch in dieser Zeile ist mein Gerichtsurteil enthalten.

Da fiel ihm das Versprechen ein, das er Anna wegen des Artikels gegeben hatte. Er setzte sich hin und versuchte zu schreiben. Es wurde aber so verlogen, so hochtrabend, vor allem so verlogen, als ob er weder an die Worte, die er schrieb, noch an seine eigenen Gefühle glaubte. Auch Klara selbst kam ihm so unbekannt und unverständlich vor! Sie ließ sich gar nicht anfassen.

Nein! sagte er sich und legte die Feder beiseite. Entweder ist das Schreiben überhaupt nicht meine Sache, oder ich muß noch abwarten!

Er dachte wieder an seinen Besuch bei den Milowidows und an die Erzählung Annas, dieser guten, herrlichen Anna…Das von ihr gebrauchte Wort »unberührte« kam ihm plötzlich in den Sinn; es versengte und erleuchtete seine Seele.

»Ja«, sagte er laut. »Sie ist unberührt, auch ich bin unberührt. Das ist es, was ihr diese Gewalt über mich gibt!«

Er mußte wieder an die Unsterblichkeit der Seele, an das Leben jenseits des Grabes denken. – Heißt es denn nicht in der Bibel: »Tod, wo ist dein Stachel?« Und bei Schiller: »Auch die Toten sollen leben?« Wohl bei Mickiewicz hatte er gelesen: »Ich werde bis ans Ende der Zeiten lieben – und auch nach dem Ende der Zeiten!« Und ein englischer Dichter hat gesagt: »Die Liebe ist stärker als der Tod!«

Die Bibelstelle machte auf Aratow den größten Eindruck. Er wollte die Stelle nachschlagen. Und weil er keine eigene Bibel besaß, bat er Tante Platoscha um die ihrige. Sie war sehr erstaunt, holte aber ein uraltes Buch in verbogenem, mit Wachstropfen bedecktem Ledereinband mit Messingschließen hervor und händigte es Aratow aus.

Er ging damit zurück in sein Zimmer, konnte lange die Stelle, die er suchte, nicht finden – fand dafür aber eine andere: »Niemand hat größere Liebe, denn die, daß er sein Leben lasset für seine Freunde.« (Johannis, XV, 13.)

Er sagte sich: Es sollte anders heißen: Niemand hat größere Gewalt …

Und wenn sie ihr Leben gar nicht für mich gelassen hat? Wenn sie nur darum Hand an sich gelegt hat, weil das Leben ihr eine Last war? Wenn sie schließlich gar nicht einer Liebeserklärung wegen zum Stelldichein gekommen war?

In diesem Augenblick erschien vor ihm Klara, so wie er sie vor der Trennung auf dem Boulevard gesehen hatte. Er erinnerte sich ihres wehmütigen Ausdrucks, ihrer Tränen und ihrer Worte: »Ach, Sie haben ja nichts verstanden!…«

Nein, er durfte nicht mehr zweifeln, wofür und für wen sie ihr Leben gelassen hatte.

So verging der ganze Tag bis zum Abend.

XV

Aratow ging früh zu Bett; er wollte eigentlich noch nicht schlafen, hoffte aber im Bett Ruhe zu finden. Die Spannung der Nerven ermüdete ihn viel mehr als die physische Abspannung der Reise. Wie groß auch seine Müdigkeit war, einschlafen konnte er doch nicht. Er versuchte zu lesen, doch die Zeilen verschwammen vor seinen Augen. Er blies die Kerze aus, und in seinem Zimmer wurde es dunkel. Er lag aber noch immer schlaflos mit geschlossenen Augen da.

Plötzlich kam es ihm vor, als ob ihm jemand etwas ins Ohr flüstere… Es ist das Herzklopfen, das Rauschen des Blutes, dachte er sich. Das Geflüster ging aber in zusammenhängende Rede über. Jemand sprach russisch, hastig, klagend, doch unverständlich. Er konnte kein einziges Wort verstehen. Es war aber Klaras Stimme!

Aratow öffnete die Augen, setzte sich auf und stützte sich in die Ellenbogen. Die Stimme klang etwas leiser, fuhr aber in ihrer klagenden, hastigen, noch immer unverständlichen Rede fort.

Es war zweifellos Klaras Stimme!

Unsichtbare Finger liefen über die Tasten des Pianinos. Dann erklang wieder die Stimme. Zuerst gedehnte Töne, wie Seufzer – immer die gleichen. Und dann einzelne verständliche Worte: »Rosen… Rosen… Rosen…«

»Rosen«, flüsterte Aratow nach. »Ach ja! Das sind ja die Rosen, die ich im Traume auf dem Kopfe jenes Wesens gesehen habe.«

»Rosen…« klang es wieder.

»Bist du es?« fragte Aratow im gleichen Flüsterton.

Die Stimme war plötzlich verstummt.

Aratow wartete, wartete und ließ den Kopf auf das Kissen sinken.

Eine Gehörhalluzination, sagte er sich. Wenn sie aber wirklich hier in der Nähe ist? Wenn ich sie erblicke, werde ich da erschrecken? Oder mich freuen? Warum sollte ich erschrecken? Und worüber sollte ich mich freuen? Höchstens darüber, daß es ein Beweis für die Existenz einer anderen Welt, der Unsterblichkeit der Seele wäre. Und wenn ich auch etwas sehe, so kann es übrigens auch nur eine Gesichtshalluzination sein.

Er zündete aber dennoch die Kerze an und ließ den Blick schnell, nicht ohne eine gewisse Angst, über das ganze Zimmer schweifen, entdeckte aber darin nichts Außergewöhnliches. Er stand auf, ging zum Stereoskop und sah wieder die gleiche graue Puppe mit den auf die Seite gerichteten Augen. Die Angst machte einem Gefühl von Ärger Platz. Es war, wie wenn er sich in seinen Erwartungen getäuscht hätte; auch die Erwartungen selbst kamen ihm jetzt lächerlich vor.

»Das ist ja schließlich dumm!« murmelte er. Er legte sich wieder hin und blies die Kerze aus. Und wieder wurde es im Zimmer stockfinster.

Aratow beschloß diesmal einzuschlafen. Aber eine neue Empfindung bemächtigte sich seiner. Es schien ihm, als ob jemand in der Mitte des Zimmers nicht weit von ihm stehe und kaum wahrnehmbar atme. Er wandte sich rasch um und schlug die Augen auf. Was konnte er aber in der undurchdringlichen Finsternis sehen? Er begann nach einem Zündholz auf dem Nachttisch zu suchen, und plötzlich war es ihm, als ziehe ein weicher, lautloser Wirbelwind durch das ganze Zimmer, über ihn, durch ihn hindurch, und das Wort »Ich!« klang deutlich in seinen Ohren.

»Ich!… Ich!…«

Es vergingen einige Augenblicke, ehe er die Kerze anzünden konnte.

Im Zimmer war wieder nichts zu sehen, und er hörte auch nichts mehr außer dem schnellen Pochen seines eigenen Herzens. Er trank ein Glas Wasser und blieb regungslos, den Kopf in eine Hand gestützt, liegen. Er wartete.

Er dachte: Ich will warten. Entweder ist alles Unsinn oder sie ist hier. Sie wird doch nicht mit mir wie die Katze mit der Maus spielen! Er wartete, er wartete lange, so lange, daß die Hand, in die er den Kopf stützte, einschlief. Doch keine der früheren Empfindungen wollte sich wiederholen. Zweimal fielen ihm die Augen zu. Er schlug sie jedesmal wieder auf; es schien ihm wenigstens, daß er sie aufschlug. Allmählich richteten sie sich auf die Tür und blieben an ihr haften. Die Kerze war heruntergebrannt, und das Zimmer verdunkelte sich wieder. Die Tür hob sich als länglicher weißer Fleck im Halbdunkel ab. Dieser Fleck regte sich, wurde kleiner, verschwand, und an seiner Statt erschien an der Schwelle eine weibliche Gestalt. Aratow sah gespannt hin: Es war Klara! Diesmal blickte sie ihm gerade ins Gesicht und bewegte sich auf ihn zu. Sie hatte auf dem Kopf einen Kranz roter Rosen.

Er zuckte zusammen und setzte sich auf.

Vor ihm stand seine Tante in weißer Nachtjacke und einer Nachthaube mit großer roter Schleife.

»Platoscha!« brachte er mit Mühe hervor. »Sind Sie es?«

»Ja, ich«, antwortete Piatonida Iwanowna. »Ich bin es, Jascha.« – »Warum sind Sie hergekommen?«

»Du hast mich ja geweckt. Anfangs hast du lange gestöhnt, dann plötzlich aufgeschrien: ›Zur Hilfe!‹«

»Habe ich geschrien?«

»Ja, und mit so heiserer Stimme: ›Zur Hilfe!‹ Ich dachte mir: Mein Gott! Ist er am Ende krank? Also kam ich her. Fühlst du dich wohl?«

»Ja, vollkommen.«

»Dann hast du wohl einen bösen Traum gehabt. Willst du, daß ich ein wenig mit Weihrauch räuchere?«

Aratow blickte die Tante noch einmal aufmerksam an und lachte plötzlich laut auf. Die gute Alte in Haube und Nachtjacke, mit dem erschrockenen langgezogenen Gesicht war tatsächlich recht komisch anzuschauen. Alles Geheimnisvolle, was ihn soeben umschwebt und bedrückt hatte, der ganze Zauber war mit einem Male verflogen.

»Nein, liebste Platoscha, bitte, nicht!« sagte er. »Entschuldigen Sie bitte, daß ich Sie, ohne es zu wollen, geweckt habe. Schlafen Sie wohl, auch ich werde einschlafen.«

Platonida Iwanowna blieb noch eine Weile stehen, zeigte auf die Kerze, brummte: »Warum löschst du sie nicht aus? Wie leicht kann ein Unglück geschehen!« und konnte sich nicht enthalten, ihn beim Weggehen zu bekreuzigen.

Aratow versank sofort in Schlaf und schlief bis zum Morgen durch. Er stand in recht guter Stimmung auf, obwohl ihm irgend etwas leid tat. Er fühlte sich leicht und frei.

Das sind romantische Einfälle! sagte er sich mit einem Lächeln.

Er warf weder einen Blick ins Stereoskop noch auf das von ihm herausgerissene Tagebuchblatt. Doch gleich nach dem Frühstück begab er sich zu Kupfer.

Er fühlte dunkel, was ihn zu ihm hinzog.

Aratow traf seinen sanguinischen Freund zu Hause an. Er sprach mit ihm über dies und jenes, machte ihm Vorwürfe, daß er ihn und die Tante ganz vergessen habe, hörte von ihm neue Lobhymnen auf das goldene Herz der Fürstin, von der Kupfer soeben aus Jaroslawl ein mit Fischschuppen besticktes Käppchen zum Geschenk bekommen hatte.

Plötzlich setzte er sich vor Kupfer hin, blickte ihm gerade in die Augen und erklärte, daß er in Kasan gewesen sei.

»Du warst in Kasan? Wozu?«

»Ich wollte einiges über diese...Klara Militsch erfahren.«

»Über die, die sich vergiftet hat?«

»Ja.«

Kupfer schüttelte den Kopf. »So einer bist du gar! Und stellst dich so still! Tausend Werst fährst du hin, tausend Werst zurück – und wozu? Warum? Wenn doch wenigstens irgendein Frauenzimmer im Spiele wäre! Dann würde ich alles verstehen. Alles! Jeden Wahnsinn!« Kupfer zerzauste sich das Haar. »Aber nur um Material zu sammeln, wie ihr gelehrten Männer es nennt. Ich danke! Dazu gibt es statistische Komitees! Nun, hast du die Alte und die Schwester kennengelernt? Ein prächtiges Mädchen, nicht wahr?«

»Ja, ein prächtiges Mädchen«, bestätigte Aratow. »Sie hat mir viel Interessantes erzählt.«

»Hat sie dir auch gesagt, wie Klara sich vergiftet hat?«

»Was heißt...wie?«

»Auf welche Weise?«

»Nein. Sie war ja noch zu sehr erschüttert. Ich wagte nicht, sie zu viel zu fragen. War es denn irgendwie außergewöhnlich?«

»Gewiß. Stell dir nur vor. Sie mußte an jenem Tag spielen, und sie spielte auch. Sie nahm das Fläschchen mit dem Gift mit ins Theater, trank es vor dem ersten Akt aus und spielte den ganzen Akt zu Ende. Mit dem Gift im Magen! Diese Willensstärke! Dieser Charakter! Man sagt, daß sie noch keine Rolle mit solchem Gefühl, mit solchem Feuer gespielt habe! Das Publikum ahnte nichts, klatschte und rief Bravo. Kaum war aber der Vorhang gefallen, als auch sie auf die Bühne fiel. Sie bekam Krämpfe, Krämpfe; und nach einer Stunde gab sie den Geist auf! Habe ich es dir denn noch nicht erzählt? Es stand auch in den Zeitungen!«

Aratow fühlte plötzlich seine Hände erkalten und etwas in seiner Brust zittern.

»Nein, du hast es mir noch nicht erzählt«, sagte er schließlich. »Weißt du nicht was für ein Stück es war?«

Kupfer versuchte sich zu besinnen. »Man hat mir das Stück wohl genannt – ein betrogenes Mädchen kommt darin vor. Es wird wohl irgendein Drama gewesen sein. Klara war für dramatische Rollen wie geboren. Selbst ihr Äußeres...Ja, wo willst du denn hin?« unterbrach sich Kupfer, als er Aratow nach der Mütze greifen sah.

»Ich fühle mich nicht ganz wohl«, antwortete Aratow. »Auf Wiedersehen. Ich komme ein anderes Mal.«

Kupfer hielt ihn auf und blickte ihm ins Gesicht. »Was bist du doch für ein nervöser Mensch! Schau dich nur an...Bist weiß wie Kreide.«

»Mir ist nicht ganz wohl«, wiederholte Aratow. Er befreite sich aus Kupfers Armen und ging nach Hause. Erst jetzt wurde es ihm klar, daß er zu Kupfer mit einer einzigen Absicht gegangen war, nämlich mit ihm über Klara zu sprechen.

»Über die wahnsinnige, unselige Klara...«

Als er aber nach Hause kam, beruhigte er sich wieder einigermaßen.

Die näheren Umstände des Selbstmordes machten zunächst einen erschütternden Eindruck auf ihn. Später aber kam ihm dieses Spiel »mit dem Gift im Magen«, wie Kupfer sich ausgedrückt hatte, als eine häßliche Phrase, als ein Bravourstück vor, und er bemühte sich, nicht mehr daran zu denken, um nicht ein Gefühl von Ekel in sich aufkommen zu lassen.

Als er beim Mittagessen der Tante Platoscha gegenübersaß, erinnerte er sich plötzlich an die mitternächtliche Erscheinung mit der kurzen Nachtjacke und der großen Schleife an der Haube (wozu hat sie an der Haube diese Schleife?), an ihre ganze komische Gestalt, die wie der Signalpfiff des Regisseurs in einem phantastischen Ballett alle Visionen zu Staub zerfallen machte. Er veranlaßte sogar Platoscha, ihm noch einmal zu erzählen, wie sie seinen Aufschrei gehört habe, wie sie aufgesprungen sei und im ersten Augenblick vor Schreck weder ihre noch seine Tür habe finden können und so weiter. Abends spielte er mit ihr wieder Karten und zog sich in sein Zimmer zurück, etwas traurig, doch ziemlich ruhig.

Aratow dachte nicht an die bevorstehende Nacht und fürchtete sie nicht: Er war überzeugt, daß er sie gut verbringen würde. Der Gedanke an Klara erwachte in ihm nur ab und zu; es fiel ihm aber jedesmal ein, wie »theatralisch« sie sich umgebracht hatte, und er wandte sich von ihr wieder ab. Dieses Häßliche verscheuchte jede andere Erinnerung an sie. Er warf einen Blick ins Stereoskop, und es kam ihm vor, daß sie sich nur darum von ihm wegwandte, weil sie sich schämte. An der Wand über dem Stereoskop hing das Bildnis seiner Mutter. Aratow nahm es vom Nagel, betrachtete es lange, küßte es und steckte es behutsam in die Schublade. Warum tat er es? Weil dieses Bild nicht in der Nähe jenes anderen weiblichen Wesens bleiben durfte oder aus irgendeinem anderen Grund? Er gab sich keine Rechenschaft darüber. Das Bild der Mutter brachte ihm aber seinen Vater in Erinnerung, den Vater, den er einst in diesem selben Zimmer, auf diesem selben Bett hatte sterben sehen.

Was denkst du dir darüber, Vater? wandte er sich in Gedanken an ihn. Du hast doch das alles verstanden, hast auch an die Schillersche Geisterwelt geglaubt. Gib mir nun einen Rat!

»Der Vater würde mir raten, diesen ganzen Unsinn bleibenzulassen!« sagte Aratow laut und griff nach einem Buch. Er konnte aber doch nicht lesen; er fühlte eine seltsame Schwere in seinem ganzen Körper und ging früher als sonst zu Bett, fest davon überzeugt, daß er sofort einschlafen werde.

Er schlief auch wirklich sofort ein, aber seine Hoffnung auf eine friedliche Nacht ging nicht in Erfüllung.

XVII

Es hatte noch nicht Mitternacht geschlagen, als er einen ungewöhnlichen, unheildrohenden Traum hatte.

Es träumte ihm, daß er sich in einem reichen Gutshaus befinde, dessen Besitzer er sei. Er hat erst vor kurzem das Haus und das dazugehörige Gut gekauft. Und er denkt sich immer; Jetzt ist es gut, sehr gut, es wird aber ein schlechtes Ende nehmen! Vor ihm scharwenzelt ein kleines Männchen, sein Gutsverwalter; er lacht immer, verbeugt sich und will Aratow zeigen, wie schön alles im Haus und auf dem Gut eingerichtet sei.

»Bitte schön, bitte schön«, sagte er, bei jedem Worte kichernd, »schauen Sie nur, wie gut alles eingerichtet ist! Da sind die Pferde – was für herrliche Pferde!«

Aratow sieht eine Reihe riesengroßer Pferde. Sie stehen im Stall mit dem Rücken zu ihm; sie haben wunderbare Mähnen und Schweife. Als Aratow an ihnen vorbeigeht, wenden sie ihre Köpfe nach ihm um und fletschen unangenehm die Zähne.

Es ist wohl schön, wird aber ein schlechtes Ende nehmen!, denkt sich Aratow.

»Bitte schön, bitte schön!« sagt wieder der Verwalter. »Kommen Sie in den Garten, schauen Sie nur, was für herrliche Äpfel Sie haben!«

Die Äpfel sind wirklich herrlich, rot und rund; wie Aratow sie aber genauer anschaut, werden sie runzlig und fallen zu Boden.

Das wird ein schlechtes Ende nehmen!, denkt er sich.

»Da ist der See«, lallt der Verwalter, »schauen Sie nur, wie blau und wie glatt er ist! Da ist auch der goldene Nachen. Wollen Sie nicht ein wenig spazierenfahren? Er fährt ganz von selbst.«

Nein, ich setze mich nicht hinein!, denkt sich Aratow, es wird ein schlechtes Ende nehmen! Und er setzt sich doch in den Nachen. Auf dem Boden des Nachens liegt zusammengekauert ein kleines Geschöpf, einem Affen ähnlich; es hält ein Fläschchen mit einer dunklen Flüssigkeit in den Pfoten.

»Haben Sie nur keine Angst«, ruft ihm der Verwalter vom Ufer nach. »Es ist nichts! Es ist der Tod! Glückliche Reise!«

Der Nachen fährt schnell dahin. Plötzlich aber kommt ein Wirbelwind, nicht wie der gestrige lautlose, weiche – nein, ein schwarzer, schrecklicher, heulender Wirbelwind! Alles dreht sich, und Aratow sieht mitten in der wirbelnden Finsternis Klara in ihrem Theaterkostüm: Sie führt ein Fläschchen an die Lippen, aus der Ferne klingen Bravorufe, und eine rohe Stimme schreit Aratow ins Ohr: »Du glaubtest wohl, daß es mit einer Komödie enden wird? Nein, es ist eine Tragödie! Eine Tragödie!«

Aratow erwacht, am ganzen Leibe zitternd. Im Zimmer ist es gar nicht finster. Von irgendwo kommt ein schwacher Schimmer, der alle Gegenstände mit traurigem, unbeweglichem Licht übergießt. Aratow gibt sich keine Rechenschaft darüber, woher das Licht kommt. Er fühlt nur das eine: Klara ist hier, in diesem Zimmer. Er fühlt ihre Nähe. Er ist wieder und für immer in ihrer Gewalt!

Aus seinen Lippen dringt der Schrei: »Klara, bist du hier?«

»Ja!« ertönt es deutlich mitten im unbeweglich erleuchteten Zimmer.

Aratow wiederholt lautlos seine Frage. – » Ja!« tönt es wieder.

»Also will ich dich sehen!« schreit er auf und springt aus dem Bett.

Einige Augenblicke stand er unbeweglich mit den bloßen Füßen auf dem kalten Fußboden. Seine Blicke schweiften umher, seine Lippen flüsterten: »Wo denn? Wo?«

Nichts zu sehen und nichts zu hören.

Er sah sich um und merkte, daß das schwache Licht, das das Zimmer erfüllte, von einem Nachtlicht kam, das, mit einem Blatt Papier verdeckt, in der Ecke stand: Platoscha hatte es wohl, als er schlief, hingestellt. Er spürte auch den Geruch von Weihrauch; auch das war wohl ihr Werk.

Er zog sich schnell an. Noch länger im Bett zu bleiben und einzuschlafen war undenkbar. Er blieb mitten im Zimmer stehen und kreuzte die Arme.

Er fühlte die Anwesenheit Klaras stärker als je.

Und nun begann er nicht laut, aber langsam und feierlich, wie man Beschwörungsformeln spricht: »Klara, wenn du wirklich hier bist, wenn du mich siehst, wenn du mich hörst, so erscheine! Wenn du verstehst, wie bitter ich es bereue, daß ich dich nicht verstanden und dich zurückgewiesen habe, so erscheine! Wenn das, was ich hörte, wirklich deine Stimme war, wenn das Gefühl, das mich ergriffen, Liebe ist; wenn du jetzt überzeugt bist, daß ich, der ich bisher noch kein einziges Weib geliebt und erkannt habe, dich liebe; wenn du weißt, daß ich nach deinem Tode in leidenschaftlicher, unüberwindlicher Liebe zu dir entflammt bin; wenn du nicht willst, daß ich wahnsinnig werde – so erscheine, Klara!«

Aratow hatte das letzte Wort noch nicht gesprochen, als er plötzlich fühlte, wie jemand von rückwärts schnell auf ihn zuging – wie damals auf dem Boulevard – und ihm eine Hand auf die Schulter legte. Er wandte sich um und sah niemand. Aber das Gefühl ihrer Nähe wurde so deutlich, so zweifellos, daß er sich noch einmal umsah.

Was ist das?! In seinem Sessel, zwei Schritte vor ihm, sitzt ein weibliches Wesen, ganz in Schwarz. Der Kopf ist zur Seite geneigt, wie im Stereoskop. Das ist sie! Das ist Klara! Doch welch ein strenges, trauriges Gesicht!

Aratow sank langsam in die Knie. Ja, er hatte damals recht gehabt: Er empfand jetzt weder Entsetzen noch Freude, nicht einmal Erstaunen. Sein Herz begann sogar langsamer zu schlagen. Er hatte nur ein Gefühl, nur ein Bewußtsein: Endlich! Endlich!

»Klara«, begann er mit schwacher, doch gleichmäßiger Stimme, »warum siehst du mich nicht an? Ich weiß ja, daß du es bist. Ich könnte mir aber auch denken, daß meine Einbildungskraft ein Bild geschaffen hat, das jenem (er zeigte mit der Hand auf das Stereoskop) ähnlich ist. Beweise mir, daß du es bist. Wende dich zu mir um, sieh mich an, Klara!«

Klara hob langsam die Hand und ließ sie wieder sinken.

»Klara, Klara, wende dich zu mir um!«

Und Klara wandte langsam den Kopf zu ihm, die gesenkten Lider hoben sich, und die dunklen Pupillen hefteten sich auf Aratow.

Er wich etwas zurück und hauchte gedehnt und zitternd: »Ah!«

Klara sah ihn unverwandt an, aber ihre Augen, ihre Züge bewahrten den früheren nachdenklich strengen, beinahe unzufriedenen Ausdruck. Diesen Ausdruck hatte sie damals bei der literarischen Matinee auf dem Podium, ehe sie Aratow erblickte. Und ebenso wie damals errötete sie plötzlich, ihr Gesicht belebte sich, der Blick leuchtete auf, und die Lippen öffneten sich in einem freudigen, sieghaften Lächeln.

»Du hast mir vergeben!« rief Aratow aus. »Du hast gesiegt. Nimm mich hin! Ich bin dein, und du bist mein!«

Er stürzte zu ihr hin, er wollte sie auf die lächelnden sieghaften Lippen küssen – und er küßte sie auch, er fühlte ihre heiße Berührung, er fühlte sogar die feuchte Kühle ihrer Zähne – und im halbdunklen Zimmer erklang ein Schrei der Verzückung.

Platonida Iwanowna, die sofort herbeistürzte, fand ihn in einer Ohnmacht. Er kniete auf dem Boden, sein Kopf ruhte auf dem Sessel, die ausgestreckten Arme hingen kraftlos herab, das bleiche Gesicht atmete unendliches berauschendes Glück.

Platonida Iwanowna sank neben ihm hin, umarmte ihn und begann zu stammeln: »Jascha, Jascha!« Sie versuchte ihn mit ihren knochigen Armen aufzuheben. Er rührte sich nicht. Platonida Iwanowna begann nun mit unmenschlicher Stimme zu schreien, und die Dienstmagd lief herbei. Sie hoben ihn mit vereinten Kräften auf, setzten ihn in den Sessel und begannen ihn mit geweihtem Wasser zu besprengen.

Er kam zu sich. Alle Fragen der Tante beantwortete er nur mit einem Lächeln. Er sah so selig und glücksvergessen aus, daß sie noch mehr erschrak und bald ihn, bald sich bekreuzigte.

Aratow schob schließlich ihre Hand zur Seite und fragte mit dem gleichen seligen Gesichtsausdruck: »Platoscha, was ist mit Ihnen los?«

»Was ist mit dir los, Jascha?«

»Was mit mir los ist? Ich bin glücklich – Ich bin glücklich, Platoscha, das ist mit mir los. Und jetzt will ich mich hinlegen und schlafen.«

Er wollte aufstehen, fühlte aber eine solche Schwäche in den Beinen und im ganzen Körper, daß er ohne Hilfe der Tante und der Magd gar nicht imstande war, sich auszuziehen und hinzulegen. Dafür schlief er sehr schnell ein. Sein Gesicht behielt den gleichen seligen und verzückten Ausdruck, war aber sehr bleich.

Als Platonida Iwanowna am nächsten Morgen zu ihm hereinkam, war er noch immer im gleichen Zustand. Seine Schwäche war nicht vergangen, und er zog es vor, im Bett zu bleiben. Seine Blässe machte Platonida Iwanowna besondere Angst.

Gott, was ist denn das? fragte sie sich. Er hat keinen Tropfen Blut im Gesicht, will die Bouillon nicht mal versuchen, liegt da und lächelt und behauptet dabei, daß ihm nichts fehle!

Er wies auch das Frühstück zurück.

»Was hast du denn, Jascha?« fragte sie ihn. »Willst du denn den ganzen Tag so liegen?«

»Warum auch nicht?« antwortete Aratow freundlich.

Auch dieser freundliche Ton gefiel Platonida Iwanowna nicht. Aratow hatte das Aussehen eines Menschen, der ein großes, für ihn sehr angenehmes Geheimnis erfahren hat, das er eifersüchtig für sich bewahrt. Er wartete auf die Nacht weniger mit Ungeduld als mit Neugier.

Was kommt nun weiter? fragte er sich. Was kann noch kommen?

Er staunte nicht mehr. Er zweifelte nicht mehr, daß er mit Klara verkehrte; er zweifelte auch nicht mehr, daß sie einander liebten. Was kann aber aus einer solchen Liebe herauskommen? Er erinnerte sich jenes Kusses, und ein wunderbarer Wonneschauer durchlief alle seine Glieder.

Einen solchen Kuß tauschten wohl Romeo und Julia aus! dachte er sich. Das nächste Mal werde ich mich aber besser beherrschen. Ich werde sie besitzen. Sie wird mit einem Kranz kleiner Rosen auf den schwarzen Locken kommen...

Und weiter? Wir können doch nicht zusammenleben! Also muß ich wohl sterben, um mit ihr zusammen zu sein? Kam sie vielleicht deswegen her, um mich so zu nehmen?

»Was ist denn dabei? Warum soll ich auch nicht sterben? Den Tod fürchte ich jetzt gar nicht. Er kann mich doch nicht vernichten! Im Gegenteil, nur so und dort werde ich glücklich sein – wie ich im Leben niemals glücklich war und wie sie es auch niemals war. Wir sind ja beide unberührt! Oh, dieser Kuß!«

Platonida Iwanowna kam jeden Augenblick zu ihm herein; sie quälte ihn nicht mit Fragen, sondern sah ihn nur an, flüsterte, seufzte und ging wieder hinaus. Nun wies er auch das Mittagessen zurück. Das war schon höchst bedenklich. Die Alte wandte sich daher an ihren Bekannten, den Revierarzt, dem sie nur aus dem Grunde vertraute, weil er nicht trank und eine Deutsche zur Frau hatte. Aratow wunderte sich, als sie ihn zu ihm brachte; Platonida Iwanowna bat aber ihren Jascha so inständig, Paramon Paramonytsch (so hieß der Arzt) zu erlauben, ihn zu untersuchen – und wenn auch nur ihr zuliebe! –, daß Aratow einwilligte. Paramon Paramonytsch befühlte seinen Puls, ließ sich die Zunge zeigen, stellte einige Fragen und erklärte schließlich, daß er ihn auskultieren müsse. Aratow war so friedfertig gestimmt, daß er auch dies erlaubte. Der Arzt entblößte behutsam seine Brust, beklopfte sie vorsichtig, behorchte sie, murmelte etwas, verschrieb Tropfen und eine Mixtur und riet ihm, vor allen Dingen möglichst Ruhe zu bewahren und alle Aufregungen von sich fernzuhalten.

Warum nicht gar! dachte sich Aratow, Du kommst zu spät damit, mein Bester!

»Was fehlt Jascha?« fragte Platonida Iwanowna, Paramon Paramonytsch an der Schwelle einen Dreirubelschein in die Hand drückend.

Der Revierarzt, der wie alle modernen Ärzte, besonders aber diejenigen, die eine Uniform tragen, gerne mit wissenschaftlichen Fachausdrücken paradierte, erklärte ihr, daß ihr Neffe alle dioptrischen Symptome einer nervösen Kardialgie und auch etwas Febris habe.

»Sprich doch verständlicher, Väterchen«, unterbrach ihn Platonida Iwanowna. »Mach mir mit deinem Latein keine Angst. Du bist ja nicht in der Apotheke!«

»Das Herz ist nicht in Ordnung«, erklärte der Arzt, »auch ist ein kleines Fieber da.« Und er wiederholte seinen Rat bezüglich der Ruhe und der Vermeidung von Aufregungen.

»Es ist doch nicht gefährlich?« fragte Platonida Iwanowna streng. (Paß auf: Komm mir nicht wieder mit deinem Latein!)

»Vorläufig nicht!«

Der Arzt ging, und Platonida Iwanowna wurde sehr trübsinnig. Sie ließ die Arznei aus der Apotheke holen, die Aratow aber nicht einnahm. Er wies auch den Brusttee zurück.

»Warum beunruhigen Sie sich so?« fragte er sie. »Ich versichere Sie, ich bin jetzt der glücklichste und gesündeste Mensch auf Gottes Erden!«

Piatonida Iwanowna schüttelte nur den Kopf.

Gegen Abend hatte er etwas stärkeres Fieber, bestand aber darauf, daß sie nicht bei ihm blieb, sondern in ihr Zimmer schlafen ging. Platonida Iwanowna fügte sich, zog sich aber nicht aus und legte sich auch nicht hin; sie saß in einem Sessel, horchte hinaus und flüsterte ihr Gebet.

Sie begann gerade einzunicken, als ein entsetzlicher, durchdringender Schrei sie plötzlich weckte. Sie sprang auf, stürzte zu Aratow ins Kabinett und fand ihn wie gestern auf dem Boden liegen.

Diesmal kam er aber nicht zu sich, wie sehr sie sich auch um ihn bemühte. In derselben Nacht bekam er ein heftiges Fieber, zu dem sich eine Herzentzündung gesellte.

Nach einigen Tagen starb er.

Ein seltsamer Umstand begleitete seinen zweiten Ohnmachtsanfall. Als man ihn aufhob und ins Bett legte, fand man in seiner zusammengeballten Rechten eine Strähne schwarzer Frauenhaare. Wo kamen diese Haare her? Anna Ssemjonowna besaß wohl eine solche Strähne von Klaras Haaren; sie würde aber doch ein so kostbares Andenken nicht Aratow schenken! Oder hatte sie die Haare ins Tagebuch gelegt und damit aus Versehen Aratow gegeben?

In seinem Delirium vor dem Tode hielt er sich für Romeo nach dem Selbstmord. Er sprach von einer geschlossenen, einer vollzogenen Ehe; daß er jetzt wisse, was Wonne sei.

Am schrecklichsten war für Platoscha der Augenblick, als Aratow kurz zur Besinnung kam, sie vor seinem Bette stehen sah und sagte: »Tante, was weinst du? Weil ich sterben muß? Weißt du denn nicht, daß die Liebe stärker ist als der Tod?...Tod! Tod, wo ist dein Stachel? Du sollst nicht weinen, du sollst dich freuen, wie ich mich freue...«

Und das Gesicht des Sterbenden erstrahlte wieder in jenem seligen Lächeln, vor dem sich die Alte so sehr fürchtete.